KB195673

아Q정전 · 광인일기

루쉰 중단편선

아Q정전 · 광인일기

루쉰 | 정석원 옮김

❀ 문예출판사

阿Q正傳·狂人日記
魯迅

차례

- 이 책의 번역 저본은 '루쉰전집(魯迅全集)'(1956)이고, 열 권의 작품집 중에서《눌함 (吶喊)》에 수록된 열한 편의 작품을 번역했다.

- 옮긴이의 주석은 '옮긴이 주'로 표기했고, 그 외의 주석은 원서 출판사인 인민문학출 판사에서 추가한 편주를 옮긴이가 선별해 번역했다.

자서(自序)

나 역시 젊었을 때는 수많은 꿈을 간직했었는데 나이가 들어서는
대부분 잊어버리고 말았다. 그렇다고 해서 결코 아쉬워하지는 않는
다. 무엇을 회상하는 것은 사람에게 기쁨을 가져다줄 수도 있지만 때
로는 적막감을 금치 못하게도 하는 법이다. 생각의 실마리를 적막했
던 옛 시절에 묶어두고 있어봐야 무슨 의미가 있겠는가? 그러면서도
완전히 잊어버릴 수 없었던 것에 대해 나는 늘 고민해왔는데, 그중
한 부분이 지금 이 책을 쓰게 된 계기가 되었다.

나는 한때 4년이 넘도록 거의 매일 전당포와 약방을 드나들었던
적이 있었다. 몇 살 때였는지는 기억나지 않지만 어쨌든 약방의 계
산대 높이는 내 키와 같았고 전당포의 계산대 높이는 내 키의 두 배
였다. 나는 그 앞에 서서 옷가지나 금붙이 따위를 올려주고는 모욕감
을 느끼면서 돈을 받아다가 이번에는 숙환으로 고생하는 아버지의

약을 사기 위해 내 키만 한 약방의 계산대로 달려갔다.

그렇게 해서 집으로 돌아오면 이제는 다른 일로 바삐 움직여야 했다. 약방문을 써주는 의사는 무척이나 유명한 사람이었다. 그래서인지 약에 쓰이는 재료도 까다롭기 그지없었다. 이를테면 겨울의 갈대 뿌리라든지 3년이나 서리를 맞은 사탕수수, 귀뚜라미 한 쌍(그것도 본래의 짝이어야 했다), 열매 달린 평지목(平地木) 등등 모두가 쉽게 구할 수 없는 것뿐이었다. 그럼에도 아버님의 병환은 날로 심해져만갔고 마침내는 돌아가시고 말았다.

그 누가 나처럼 어렸을 적에는 남부럽잖게 살다가 몰락해서 곤궁에 처해보았을까? 나는 그와 같은 과정에서 세상 사람들의 진면목을 발견할 수 있었다고 본다.

나는 N지방에 가서 K라는 학당에 다니려고 했다.* 남이 걷지 않는 새로운 길을 걷고 싶었고 또 새로운 땅에 가서 색다른 사람들을 만나보고 싶어서였다. 어머니께서도 별 도리가 없었던지 8원의 노자를 마련해주시면서 마음대로 해보라고 하셨다. 그러면서도 그분은 우셨다. 이치적으로도 그럴 수밖에 없었다. 당시만 해도 열심히 공부해 과거에 응시하는 것이 정도(正道)로 여겨지던 만큼, 나처럼

---

* N지방이란 난징을, K학당은 강남수사학당(江南水師學堂, 일종의 해군학교)을 가리킨다. 1898년에 저자는 이곳에서 공부하다 2년째 되는 해 강남육사학당(陸師學堂) 부설의 광무철로학당(礦務鐵路學堂)으로 옮겼다. 그 뒤 1902년에 졸업하고 청(淸) 정부의 국비로 일본 유학에 올랐다. 1904년 센다이 의학전문학교에 입학했다가 1906년 도중에 포기하고 도쿄에서 문예 활동에 종사했다.

소위 양무*나 배운다고 하는 것은 출세길이 막혀버린 자들이나 하는 짓거리로서 영혼을 양놈 귀신에게 몽땅 팔아먹는 것으로 인식되었기 때문에, 멸시와 배척이 극심했다. 게다가 어머니께서는 이제 자식을 볼 수 없게 되고 말았으니 오죽하셨겠는가.

하지만 나는 그런 것들을 고려하고 싶지 않았다. 마침내 나는 N지방으로 가서 K라는 학당에 들어갔다. 그 후 나는 그곳에서 비로소 세상에는 격치**니 산학(算學), 지리, 역사, 미술, 체조 등의 학문이 존재함을 알게 되었다. 그곳에서는 생리학을 가르치지 않았지만 우리들은 《전체신론(全體新論)》이나 《화학위생론(化學衛生論)》***의 목판본을 읽을 수 있었다. 그때 나는 옛날 한의사가 했던 말이나 처방을 당시 내가 알고 있던 지식과 비교해보고 다소 깨달은 바가 있었음을 아직도 기억한다. 즉 의사란 의식적이건 무의식적이건 간에 사람을 속이는 일종의 사기꾼이라는 사실이었다. 그와 함께 그들에게 속아넘어간 환자나 그 가족에게 무한한 동정심을 느꼈다. 그리고 번역된 역사책을 통해 일본의 유신은 대부분 서방의 의학에서부터 발단이 되었다는 사실도 알게 되었다.

이상과 같은 유치한 지식 때문에 그 뒤 나의 학적은 일본의 시골에 있는 어느 의학 전문학교에 오르게 되었다. 당시 나의 꿈은 꽤나 거창

---

*　洋務, 서양 학문에 힘쓴다는 뜻(옮긴이 주)

**　格致, 일종의 물리학(옮긴이 주)

***　청나라 말기에 번역된 생리학과 영양학에 관한 책. 《전체신론》은 영국의 허쉰이 지은 것으로 1851년 출판되었고, 《화학위생론》은 총 네 권으로 역시 영국의 챈스턴이 지었으며 1879년 출판되었다.

했다. 졸업을 하면 고국에 돌아가 아버지처럼 속고 있는 환자들을 치료해줄 것이며, 전쟁이 나면 군의관으로 종군할 것이고, 또 한편으로는 국민들에게 유신에 대한 신념을 북돋워주겠노라고 마음먹었다.

현재 미생물학의 교수법이 어떠하며 또 학문이 얼마나 발전해 있는지는 모르지만 당시에는 영화를 상영하며 미생물의 형상을 보여주곤 했는데, 강의는 끝났어도 시간이 아직 남아 있으면 교수들이 가끔 풍경이나 시사에 관한 영화를 상영해주곤 했다. 당시는 마침 러일전쟁을 치르고 있던 때라 자연히 전쟁에 관한 영화가 많았다. 그럴때면 나는 강의실 안에서 일본 학생들과 함께 박수 갈채를 보내면서 히히덕거려야 했다.

그러다가 한번은 오랫동안 헤어져 있던 수많은 중국인을 영화 속에서 볼 수 있었다. 좀 느닷없달 만한 경험이었다. 화면 속에는 꽁꽁 묶인 사람이 가운데에 있고 그 주위로 수많은 사람이 빙 둘러서 있었다. 그들은 한결같이 건장한 체격을 하고 있었지만 어딘지 모르게 멍청하게만 보였다. 해설자의 말로는 묶여 있는 사람은 러시아군을 위해 첩자 노릇을 한 자로 일본군에게 잡혀 공개 처형을 당하는 것이며 주위에 있는 군중은 그것을 구경하려고 나온 사람들이라고 했다.

그 학년이 채 끝나기도 전에 나는 도쿄로 와버렸다. 그 영화 사건이 있고부터 나는 새로운 것을 느꼈다. 즉 의학이란 결코 중요한 것이 못 되며 국민이 우매하면 아무리 체격이 건장하고 우람해도 무의미한 공개 처형의 관중 노릇밖에는 못 한다는 사실이었다. 그에 비한다면 병에 걸려 죽는 것쯤이야 그다지 불행한 것이 아니라고 여겼다. 그런 만큼 우리가 해야 할 가장 급선무는 그들의 정신을 개혁하는 것이며 그러기 위해서는 문예를 진흥시키는 길밖에는 없다고 여겼다. 그래서 나는 문예진흥운동을 부르짖기로 결심했다.

도쿄의 유학생 중에는 법학이나 정치학, 물리, 화학, 공학을 공부하거나 경찰이 되기 위해 공부하는 학생은 굉장히 많았지만 문학이나 미술을 전공하는 자는 없었다. 하지만 나는 그처럼 냉엄한 현실 속에서도 천만다행으로 몇몇의 동지를 찾을 수 있었다. 이 밖에 꼭 필요한 몇 사람도 규합했다. 그들과 상의한 결과 사업의 첫 단계는 잡지를 출판하는 것이라는 결론을 얻었다. 잡지의 명칭은 당시 우리들이 대체로 복고적인 경향을 띠고 있었기 때문에 '새 생명'이란 뜻의 '신생(新生)'으로 했다.

《신생》의 출판일이 가까워졌다. 그러나 몇몇 원고를 맡았던 사람들이 자취를 감추어버린 데다 자금을 대주겠다던 자들마저 달아나버려 결국에는 아무 힘도 없는 세 사람만 남게 되었다. 시작부터 이 모양이었으니 결과는 불을 보듯 뻔한 것이었다. 결국 그 뒤 남아 있던 세 사람마저도 각자의 운명에 쫓겨 허둥대느라 한 곳에 모여 허심탄회하게 장래의 꿈을 이야기해볼 기회조차 갖지 못하게 되고 말았다. 이것이 바로 미처 태어나보지도 못한 채 사라져버린 《신생》의 결말이다.

그러나 내가 난생 처음으로 적막감을 느꼈던 것은 그 일이 있고 나서였다. 처음에는 내가 왜 그런 적막감을 느끼는지 통 이유를 알 수 없었다. 그 뒤 곰곰이 생각해본 결과 마침내 결론을 얻을 수 있었다. 즉 어떤 사람의 주장이 받아들여지게 되면 그는 전진할 수 있게 되고 또 반대에 봉착하면 분발하게 되는 법이다. 그런데 멀쩡한 사람에게 호소했는데도 아무런 반응도 보이지 않았다면 그것은 찬성도 아니고 반대도 아니므로 이럴 때 사람은 끝없는 황야에 홀로 내팽개쳐진 사람처럼 어찌할 바를 모르게 된다. 이 얼마나 비참한 노릇이겠는가? 나는 바로 그런 것을 느꼈기에 적막감에 빠진 것이리라.

적막감은 날이 갈수록 커져만 갔다. 그것은 마치 독사처럼 나의 영혼을 칭칭 감고 있었다.

나는 이렇듯 까닭 없는 비애에 잠겨 있었지만 그렇다고 결코 비분해하지는 않았다. 그와 같은 경험은 오히려 나 자신을 반성케 했으며 나의 존재를 인식할 수 있게 해주었기 때문이었다. 그렇다. 나라고 하는 존재는, 흥분하며 열변을 토했다고 해서 호응하는 자가 구름처럼 모여드는 그런 영웅은 결코 아니었다.

다만 나는 나 자신을 휘감고 있는 그 적막감을 당장 떨쳐버리지 않으면 안 되었다. 너무 고통스러웠기 때문이다. 나는 갖은 방법을 다 써가면서 나 자신의 영혼을 마취시키기 위해 힘썼다. 그리하여 나를 대중 속에 깊이 파묻어보기도 했으며 또한 먼 옛날로 되돌아가게도 해보았다. 그 뒤에는 더욱더 적막하고 서글픈 일들, 내가 더는 회상하기조차 싫은 그 일들을 직접 체험하거나 방관하면서 기꺼이 그들과 나의 영혼을 함께 진흙 속에 소멸시켜보기도 했다. 그러나 나의 이러한 마취법이 도리어 효과가 있었는지 이제는 젊을 때처럼 비분강개하거나 격앙하지 않게 되었다.

S회관*에는 세 칸짜리 집이 있었다. 들리는 말로는 옛날 어떤 여자

---

* S회관, 즉 사오싱관(紹興館)을 말한다. 베이징의 쉬엔우(宣武) 문밖에 있었다.

가 뜰 안의 느티나무에 목매달아 죽었다고 한다. 내가 갔을 때 그 나무는 감히 오를 수 없을 정도로 자라 있었지만 그 사건 이후 아무도 그 집에서 살지 않았다고 한다.

나는 몇 년 동안이나 그 집에 기거하면서 고비(古碑)*를 베끼고 있었다. 객지에 있기 때문인지 찾아오는 사람도 별로 없었고, 또 고비 가운데서도 이렇다 할 문제점이나 무슨 주의(主義)에 봉착하는 일도 없었지만 그런 와중에서도 나의 생명은 소리 없이 사그라들고 있었다. 어찌 보면 나의 유일한 희망이었는지도 모른다.

여름 밤이면 모기가 많았다. 그러면 나는 느티나무 밑에 앉아 창포풀 부채를 부치곤 했다. 빽빽이 들어선 나뭇잎 사이로 푸른 하늘이 한 점 한 점 보였고 이따금 늦게 나온 느티나무 벌레가 싸늘하게 내 목 위로 뚝뚝떨어지곤 했다.

당시 가끔 찾아와 한담을 즐겼던 자는 오랜 친구인 진신이**였다. 그는 손에 든 큼직한 가죽 가방을 탁자 위에 놓고는 장삼을 벗고 나

1912년 5월부터 1919년 11월까지 저자는 이곳에서 기거했다.

* 사오싱관에 살 때 루쉰은 틈만 나면(당시 그는 교육부에 근무했다) 중국 고대의 불상이나 묘비명 등 금석탁본을 수집하곤 했다. 그 뒤 그는 그것을 모아 〈육조조상목록(六朝造像目錄)〉과 〈육조묘지목록(六朝墓志目錄)〉을 발표했다(후자는 미완성).

** 즉 치엔쉬엔퉁(錢玄同)을 말함. 당시 그는 《신청년》의 편집위원이었다. 《신청년》이 문화운동을 제창한 지 얼마 안 되었을 무렵 린수(林)가 《형생(荊生)》이라는 필기체 소설을 발표, 문화운동의 주동자를 통렬하게 비판했다. 그 작품 속에 '진신이(金心異)'라는 자가 등장하는데 '치엔쉬엔퉁'을 비꼬아 부른 이름이었다.

와 마주 앉았다. 개를 무서워했기 때문에 그의 심장은 여전히 두근거렸다.

"자네 그 따위 것을 베껴 무엇에 쓰려고 그러나?"

어느 날 밤 그는 내가 베낀 고비의 사본을 뒤적이면서 떠보듯 물었다.

"글쎄, 무슨 쓸모가 있으려구?"

"그럼 자네는 무슨 뜻에서 그걸 베끼고 있지?"

"아무런 뜻도 없다네."

"내가 보기에 자넨 글을 좀 쓸 수 있을것 같은데……."

나는 그의 말뜻을 알 수 있었다. 당시 그는 《신청년》*이란 잡지를 만들고 있었는데 두드러지게 찬성하는 사람도, 그렇다고 반대하는 사람도 없는 듯했다. 나는 그들 또한 나처럼 어떤 적막감에 빠져 있지 않을까 싶어 이렇게 말했다.

"가령 쇠로 된 방이 하나 있다고 하세. 거기에는 창문도 없고 또 절대로 부숴버릴 수도 없는 그런 방이야. 그 속에는 많은 사람이 깊이 잠들어 있지. 그러니 머지않아 모두 죽을 판이야. 하지만 혼수 상태에 빠져 곧장 죽음에 이르기 때문에 어떠한 고통도 느끼지 않는다고

---

* 오사운동(五四運動, 1919년 5월 4일 북경에서 발발했던 중국의 개혁운동. 학생을 중심으로 반봉건, 반제국주의를 기치로 일어난 운동이었지만 후에는 상인, 노동자들까지 합세하여 문화운동으로까지 발전되었다) 당시 문화운동을 주도했던 잡지. 월간으로 1915년 9월에 천뚜쇼우(陳獨秀)가 창간했다. 《청년잡지》라고 했던 것을 제2호부터 《신청년》으로 바꿨고, 매 권 도합 6기(期)로서 1922년 7월에 총 아홉 권을 마지막으로 휴간되었다가 그 뒤 중국 공산당의 기관지로 전락했다. 〈광인일기〉를 발표하고부터 루쉰은 《신청년》과 밀접한 관계를 맺게 되었다.

치세. 그런데 자네가 마구 소리쳐 아직도 약간 의식이 맑은 몇 사람을 놀라게 해 깨워서 불행한 그 몇몇 사람들에게 도저히 구원받을 수 없는 임종의 고통을 맛보게 한다면 과연 자네가 그들에게 잘한 것이라고 여길 수 있겠나?"

"그러나 다만 몇 사람이라도 일어난다면 그 쇠로 된 방을 부술 희망이 전혀 없다고는 할 수 없지 않겠나?"

그렇다. 비록 내 나름대로의 확신은 서 있었다 할지라도 희망을 말했을 때 그것을 말살해버릴 수는 없다. 희망이란 미래에 존재하는 것인 만큼 희망이 없다고 하는 아무 근거도 없는 나의 확신을 가지고 그가 있을 수도 있다고 보는 희망을 꺾어버릴 수는 없는 것 아닌가?

결국 나는 그의 제의를 받아들여 글을 썼는데 그것이 바로 첫 작품인 〈광인일기〉였다. 이때부터 줄곧 작품을 발표하게 되었는데 소설 나부랭이 같은 글을 쓰면서 늘 친구의 부탁이니 뭐니 하고 빗대어 써온 것이 10여 편이나 모이게 되었다.

나 자신을 두고 볼 때, 절박한 상황에 부딪치면 절규를 하지 않고는 못 견디는 그런 사람은 결코 아니라고 본다. 하지만 옛날 나 자신이 겪었던 적막한 슬픔을 아직도 못 잊는 탓일까? 가끔 몇 번 함성을 질러서 적막 속을 달리고 있는 용맹한 투사들에게 다소나마 위안을 줌과 동시에 그들이 전진하는 데 두려움이 없도록 해주고 싶다.

나의 함성이 용맹스러운 것인지, 비애스러운 것인지, 가증스러운 것인지, 아니면 가소로운 것인지 따위는 고려할 겨를이 없다. 하지만 내가 함성을 지르게 된 이상 나는 지휘관의 명령을 들어야 할 것이다. 그래서 나는 가끔 곡필(曲筆)도 서슴지 않았다. 이를테면 〈약〉에서 위얼(瑜兒)의 묘에 느닷없이 화환을 덧붙인 것이라든지, 〈내일〉에서 딴쓰(單四) 아줌마가 끝내 아들을 만나는 꿈을 꾸지 않았다라고는 쓰지 않았다. 그 까닭은 당시 나의 지휘관이 소극적인 것을 주장하지 않았기 때문이었다. 스스로가 고통스럽게 여겼던 적막감을 내가 젊었을 때처럼 청운의 꿈에 부풀어 있을 젊은이들에게 또다시 전염시키고 싶지는 않았다.

이렇게 볼 때 여러분들은 나의 소설이 예술과 얼마나 동떨어져 있는지를 잘 알 것이다. 그럼에도 오늘날까지 소설이란 이름으로 불릴 수 있었고 더더욱 이렇게 단행본으로 묶여 출판될 기회마저 얻게 되니 어쨌든 요행한 일이 아닐 수 없다. 요행은 나 자신을 송구스럽게 하지만 그래도 누군가 나의 독자가 있으려니 하는 공상을 하면 내심 기쁘기도 하다.

따라서 나는 마침내 나의 단편소설을 한데 모아 인쇄에 부쳤고 앞서 밝힌 이유로 해서 작품집을 '눌함(訥喊)'이라고 이름 지었다.

1922년 12월 3일
베이징에서 루쉰

아Q정전*

제1장 서(序)

내가 아Q에게 정전을 써주기로 마음먹은 것은 사실 한두 해 전의 일이 아니다. 그러나 막상 정전을 쓰려고 하니 옛날을 회상하게 되는데, 그러고 보니 나는 '입언'**을 할 만한 인물이 못 되는 것 같기도

---

* 〈아Q정전(阿Q正傳)〉은 1921년 12월 4일에서 1922년 2월 12일까지《신보부간(晨報副刊)》에 매주 혹은 격주로 발표되었다. 저자는 소설을 발표할 때 루쉰(魯迅)이라는 필명을 사용했는데 이 작품만은 빠런(巴人)으로 하고 있다. 이 작품에 대해서는 저자가 1925년에 러시아어판에 짤막한 서문을 발표했는데 그 뒤《집외집(集外集)》에 수록해두고 있다. 그리고 1926년에도 〈아Q정전의 성립 원인〉이란 글을《화개집속편(華蓋集續編)》에 수록하고 있는 만큼 참고할 수 있다.

** '입언'이란 예로부터 '삼불후(三不朽)'의 하나로《좌전(左傳)》양공(襄公) 24년

하다. 왜냐하면 예로부터 불후의 붓은 불후의 사람을 전한다고 했기 때문이다. 그래서 사람은 문장을 통해 전해지고 문장은 또 사람을 통해 전해졌던 게 아니었을까?

결국 나는 무엇이 무엇을 통해 전해지는지조차 점점 불명확해졌지만 마침내는 아Q를 전하는 것으로 귀착되었다. 마치 마음이 무슨 귀신에라도 홀린 것처럼 말이다.

하지만 금세 썩어버릴 문장이나마 막상 쓰려고 하니 어려움이 수없이 많다는 것을 알게 되었다.

첫째, 문장의 제목이다. 공자가 말하기를 "이름이 바르지 못하면 말 또한 순조롭지 못하다"라고 했다. 이 점은 지극히 명심해야 할 필요가 있다. 원래 '전(傳)'에는 수많은 명칭이 있다. 이를테면 열전(列傳), 자전(自傳), 내전(內傳), 외전(外傳), 별전(別傳), 가전(家傳), 소전(小傳) 등등. 하지만 애석하게도 아Q에게는 그 어느 것도 적합하지 않다.

'열전'이라고 하기에는 아Q는 기라성 같은 인물들처럼 '정사(正史)'에 끼지도 못한다. 그렇다면 '자전'은 어떤가? 나는 결코 아Q가 아니지 않은가? '외전'이라면? 그럼 '내전'은 어디에 있단 말인가? 설사 '내전'이란 명칭을 썼다고 하자. 그러나 아Q는 신선도 아니다. '별전'은? 아Q란 인물은 대총통이 국사관에 명령하여 '본전'을 세우게 했던 자도 아니다.

에 나오는 노(魯)의 대부 수쑨빠오(叔孫豹)가 한 말이다. "맨 위가 입덕(立德)이고 그다음이 입공(立功)이며 다시 그다음이 입언(立言)이다. 이 세 가지는 아무리 세월이 흘러도 없어지지 않으니 이것을 곧 불후(不朽)라고 한다."

영국의 정사를 보자. 그곳에는 '박도열전(博徒列傳)'이라는 이름조차 없지만 문호 디킨스는 《박도열전》이라는 책을 썼다.* 하지만 그것은 대문호였던 그에게는 가능한 일인지 모르나 나 같은 존재에게는 불가능하다.

다음은 '가전'이다. 우선 아Q와 내가 종씨인지도 알 수 없을 뿐만 아니라 후손의 부탁을 받은 바도 없다. '소전'은 어떤가? 그렇다면 언제 아Q에게 '대전'이 있었단 말인가?

이상을 종합해보면 이 문장도 곧 하나의 '본전'이라고 할 수 있다. 하지만 내 문장은 문체가 마치 '수레나 끌고 된장이나 파는 자'**들이 사용하는 말처럼 비속한 까닭에 감히 '본전'이란 명칭은 사용할 수가 없다. 그래서 옛날 인간 취급조차 받지 못했던 소설가들이 했던 말, 즉 "쓸데없는 말을 할 것이 아니라 정전(正傳)에 맞는 말을 해야 한다"에서 '정전'이라는 두 글자를 따서 본편의 제목으로 삼았을 뿐

---

* 　찰스 디킨스(C. Dickens, 1812~1870)는 영국의 소설가. 《박도열전》은 상무인서관(商務印書館)에서 출판했던 《설부총서(說部叢書)》 중의 하나로 천따뚱(陳大鐙) 등이 번역했다. 원명은 《Rodney Stone》으로 역시 영국의 소설가 코난 도일(C. Doyle, 1858~1930)의 작품이다. 루쉰은 1926년 8월 8일, 웨이쑤위엔(韋素園)에게 보낸 편지에서 "《박도열전》은 《Rodney Stone》의 역명(譯名)으로서 코난 도일이 지은 것이다. 〈아Q정전〉 중에서 디킨스의 작품이라고 한 것은 나의 착오였다"라고 했다.

** 　백화문(白話文)을 말한다. 당시 복고주의자였던 린수(林紓)가 차이위엔페이(蔡元培)에게 보낸 글 속에 다음과 같은 구절이 있다. "만일 고서를 모두 폐지하고 토속어를 문장에 사용한다면 현재 수레를 끌거나 된장을 파는 장사치들이 사용하는 말도 모두 문법에 맞는 판이다."

이다. 그렇게 하고 보니 옛사람이 쓴 《서법정전(書法正傳)》*의 '정전'과 비슷하게 되었지만 어쩔 수 없는 노릇이다.

둘째는, 전(傳)의 통례에 관한 문제다. 원래 전이란 대개 첫머리에 "모 자(字)는 모모 때 모 지방 사람이다"라고 시작한다. 그러나 나는 도대체 아Q의 성조차 알지 못한다. 한번은 그가 짜오(趙)인 것 같기도 했지만 이튿날이 되니 이것마저 모호해졌다. 그러니까 타이예**의 아들이 수재(秀才)에 급제했을 때였다. 왁자지껄한 징과 꽹과리 소리가 마을 어귀까지 들려 왔다. 그때 아Q는 황주(黃酒)를 두어 사발 마시고 있었는데 신이 난 그가 손짓 발짓까지 해가면서 했던 말이 있었다. 즉 이번 일은 자신에게도 커다란 영광이라는 것이다. 왜냐하면 짜오타이예(趙太爺)와는 사실 일가로서 엄밀히 따지자면 자신이 수재보다 3대나 위가 되기 때문이라고 했다. 당시 옆에 있던 사람들은 그의 말에 다소 숙연해졌고 존경심까지 표하기도 하였다.

그러나 이튿날이 되자 띠빠오***가 찾아와 짜오타이예가 부른다고 했다.

아Q를 본 그는 얼굴이 붉으락푸르락해서 말했다.

"아Q 너 이놈? 네놈이 우리의 일가라고?"

아Q는 아무 말도 하지 않았다. 그러자 짜오타이예는 더욱 화가 치

---

* 총 10권으로 청(淸)의 펑우(馮武)가 지은 일종의 서법 서적이다. 여기서 말하는 '정전(正傳)'이란 '정확한 전수'를 뜻한다.

** 太爺, 지방 현관(顯官)의 존칭(옮긴이 주)

*** 地保, 옛날 토지 매매 증명서나 관리의 명령을 전달하던 지방 관리(옮긴이 주)

밀어 성큼 몇 발짝 내딛으면서 말했다.

"그래 이제는 못 하는 말이 없구나. 내가 어떻게 네놈 같은 친척을 두었단 말이냐? 네놈의 성이 짜오란 말이냐?"

아Q는 여전히 말이 없었다. 뒤로 물러서려는 순간 짜오타이예가 달려들더니 따귀를 냅다 갈겼다.

"네놈이 어떻게 짜오가(家)란 말이냐? 어떻게 짜오 성 을 갖게 됐지?"

아Q는 자신이 틀림없는 짜오가라고 항변하지는 않았다. 다만 그는 얼얼한 왼뺨을 문지르면서 띠빠오와 함께 그곳을 물러났다.

밖으로 나오자 이번에는 띠빠오에게 한바탕 일장훈시를 듣고는 술값 200문(文)을 물어주었다.

이 소식을 듣고 사람들은 다들 아Q가 너무 황당무계하다고 수근거렸다. 그도 그럴 것이 맞을 짓을 했기 때문이다. 그는 짜오 성이 아닐 것이며 설사 그렇다고 해도 짜오타이예가 이곳에 있는 한 그 따위 망언을 함부로 해서는 안 된다고 했다. 어쨌든 이 일이 있고부터 그의 성씨를 제기하는 자는 없게 되었는데 그 때문에 나도 그의 성이 무엇인지 알지 못한다.

셋째, 나는 아Q의 이름도 어떻게 쓰는지 알지 못한다. 그가 아직 살아 있을 때 사람들은 그를 '아꿰이(Quei)'라고 불렀다. 그러나 그가 죽고 나자 아무도 그를 '아꿰이'라고 부르는 자가 없었다. 그러니 소위 '죽백에 기록할 만한'* 건더기라도 있었겠는가? 그를 '죽백에 기

---

* 《여씨춘추(呂氏春秋)》에서 "죽백에 기록하여 후세에 전한다"라고 한 것에서 따온 말이다. 죽백은 죽간(竹簡)과 비단으로 고대 중국에서 종이 대신 사용했다.

록'하는 것은 본 문장이 처음일 것이다. 따라서 첫 번째 봉착하게 되는 난관이 바로 이 문제이다.

나는 '아꿰이'에 대해 곰곰이 생각해본 적이 있었다. 어떻게 표기해야 할까? '아꿰이(阿桂)' 아니면 '아꿰이(阿貴)'인가? 만일 그의 별명이 '위에팅(月亭)'이었다면 음력 8월에 생일이 있을 가능성이 많으니 그렇다면 '阿桂'가 틀림없을 것이다. 하지만 그는 별명조차도 없었다. 설사 있었다고 해도 아는 자가 없었을 테지만. 그는 또한 생일이라고 그럴듯한 청첩을 돌린 적도 없다. 그러므로 아꿰이(阿桂)라고 쓴다는 것도 이만저만한 무리가 아니다.

또 아부(阿富)라는 형이나 동생이 있었다면야 틀림없이 아꿰이(阿貴)로 표기될 수도 있겠지만 아Q는 혼자뿐이다. 따라서 아꿰이(阿貴)로 쓴다는 것도 확실한 근거가 없으니 무리다. 이 두 글자를 제외하면 'Quei'라는 음을 가진 글자는 거의 없다.

얼마 전에 짜오타이예의 아들 무재(茂才)*에게 그의 이름에 대해 물어본 적이 있었다. 그러나 박식했던 그도 알 수 없다는 것이었다. 그는 요즘 천뚜쇼우(陳獨秀)가 《신청년》** 이라는 잡지를 발행하여 소위 서양 문자를 제창하는 바람에 중국 고유의 문자가 없어져 더는 고찰할 수 없다고 결론 지었다.

---

*   수재(秀才)를 의미한다. 초급학교에 입학한 자를 지칭, 일명 서생(書生). 후한(後漢) 때 당시 광무제(光武帝)의 이름이 묘우쇼우(劉秀)였으므로 그의 이름자를 피해 무재라고 했다. 그 뒤 후세에 와서 수재를 무재라고 부르기도 했다.

**   《신청년》에서 한자를 폐지하고 로마자의 병음법(拼音法)을 사용하는 문제를 토론했던 적이 있었다. '양자(洋字)의 사용'이란 바로 이를 두고 하는 말이다.

그래서 나는 마지막 방법으로 동향 사람에게 아Q의 행적에 관한 문서를 조사해보도록 했다. 그러자 8개월이 지난 뒤에야 회신이 왔 는데 문서를 아무리 뒤져보았지만 '아Quei'와 비슷한 이름을 가진 사람은 없었다고 했다. 정말 없었는지 아니면 찾아보지도 않았는지 확실히는 알 수 없지만 이렇게 되고 보니 이제 방법이 없어져버렸다. 당시만 해도 주음자모*가 아직 통용되지 않았던 때라 하는 수 없이 '양자'**를 사용키로 했는데 영국에서 유행하고 있던 방법으로 '아Quei'라 하고 약칭 '아Q'로 했다.

이렇게 되고 보니 나 역시 《신청년》을 맹종한 결과가 되고 말았다. 매우 미안한 노릇이지만 무재도 모르는 것을 난들 무슨 방법이 있겠는가?

넷째, 아Q의 본적에 관한 문제다. 만일 그가 짜오 성을 가졌다면 현재 군명을 부르는 관례대로 '군명백가성(郡名百家姓)'***의 주석을 참고하면 '롱시(娘西) 티엔쉐이(天水)인'이라는 결론이 나온다. 그러나 애석하게도 그가 짜오 성인지조차 믿을 수가 없지 않은가? 따라서 그의 본적도 확정할 수가 없다. 비록 그가 웨이쫭(未莊)에 오랫동

---

*   注音字母, 중국어의 발음 기호(옮긴이 주)

**   洋子, 서양 문자(옮긴이 주)

*** '백가성(百家姓)'이란 옛날 서당에서 사용하던 계몽 교재의 일종으로 사람의 성
     씨를 네 자로 엮어 외우기에 편리하도록 했다. '군명백가성(郡名百家姓)'이란
     '백가성'의 일종인데 성자 위에다 군명을 덧붙여 어떤 성이 옛날 어디에서 비롯
     되었음을 밝혔다. 이를테면 짜오(趙) 성인 경우, '티엔쉐이(天水)'라 했으며 치
     엔(錢) 성은 '펑청(彭城)'이라고 한 것 등이다. 군(郡)이란 본디 옛날 지방 구역
     의 명칭이었다.

안 살았다고는 하나 늘 다른 곳에서 잠을 자곤 했기 때문에 웨이쫭 사람이라고 할 수도 없다. 그러니 '웨이쫭' 사람이라고 한다면 이 또한 사법(史法)에 어긋나는 행위가 아닐까?

그러나 한 가지 자위할 수 있는 것은 '아(阿)'자만은 매우 정확하다는 점이다. 절대로 부회(附會)했다거나 어디서 따온 것이 아니므로 이것만은 누구에게 내놓아도 자신할 수 있다. 반면 나머지 부분에 대해서는 천학비재한 나로서는 함부로 결론을 내릴 수가 없다. 다만 역사벽과 고고벽에 빠져 있는 후스쯔(胡適之) 선생의 학파에서 장차 더욱 많은 단서를 찾아주었으면 하는 바람이지만 그 때가면 나의 〈아Q정전〉도 일찌감치 소멸되고 난 뒤가 아닐까?

이상을 서문이라 하겠다.

제2장 우승기략(優勝記略)

아Q는 성명과 본적만 불확실했던 것이 아니다. 자신의 행적마저도 그러했다. 웨이쫭 사람들은 그에게 농사일을 시키거나 아니면 웃음거리로만 삼았을 뿐 아무도 그의 행적에는 관심을 두지 않았다. 아Q도 자신의 행적에 대해 이야기한 적이 없었다. 다만 남들과 다툴 때면 가끔 눈을 부릅뜬 채 말하곤 했다.

"나도 옛날에는 너희들보다 훨씬 나았다고! 네놈들이 도대체 뭐길래 이러는 거야!"

아Q는 집도 없었다. 그는 웨이쫭의 토곡사*에서 살았다. 게다가 일정한 직업도 없어서 그저 남의 품일이나 도와주는 것이 고작이었다. 보리 벨 때가 되면 보리를 베어주기도 하고 벼를 찧을 때면 남의 벼를 찧어주거나 어떤 때는 배를 젓기도 했다. 일거리가 좀 오래 있을 때면 주인의 집에서 기거하다가도 일단 일이 끝나면 가버렸기 때문에 사람들은 바쁠 때나 그를 기억해내곤 했다. 그러나 기억하는 것도 '일'에 대한 것뿐이었지 그의 행적에 관한 것은 결코 아니었다. 그러다가도 한가할 때가 되면 그의 존재조차 까맣게 잊어버리곤 했기 때문에 그들이 아Q의 '행적'을 기억한다는 것은 말도 되지 않았다.

한번은 어떤 영감이 잔뜩 칭찬을 늘어놓으면서 말했다.

"아Q 그 녀석 참 유능하단 말이야!"

이때 아Q는 웃통을 벗어부친 채 게으름이 잔뜩 낀 깡마른 행색으로 그의 앞에 서 있었다. 옆에 있던 사람들은 영감의 칭찬이 정말인지 아니면 비웃는 말인지를 몰라 어리둥절해하고 있었지만 아Q만은 신이 나 있었다.

아Q는 또한 자존심도 매우 강했다. 웨이쫭 사람이라면 누가 됐든 그는 거들떠보지도 않았다. 심지어는 두 문동(文童)**조차도 발가락의 때만큼도 여기지 않았다.

문동이란 장차 수재가 될 아이다. 짜오타이예와 치엔타이예(錢太

---

* 土谷祠, 토지신을 모신 사당(옮긴이 주)

** 과거 공부는 다 익혔지만 아직 급제하지 않은 사람. 유동(儒童) 또는 동생이라고도 불렸으며 통과하고 나면 초등학교에 입학하여 수재라고 불렸다.

爺)는 주민들로부터 존경받는 인물인데, 돈이 많을 뿐만 아니라 바로 이 문동을 둔 아버지이기 때문이었다. 그러나 아Q만은 이들에 대해 그다지 존경심을 보이지 않았다. 그는 이렇게 중얼거렸다.

"내 아들은 훨씬 더 나을 거라고!"

게다가 성내에 몇 번 들락거리고 나서부터 아Q의 자존심은 더욱 세졌다. 그러나 그는 성내 사람들도 무척이나 경시했다. 이를테면 세 자 길이에 세 치 되는 넓이의 나무로 만든 긴 의자를 웨이좡 사람들은 '창뚱(長凳)'이라고 불렀다. 아Q 역시 그렇게 불렀지만 성내 사람들은 '탸오뚱(條凳)'이라고 하지 않는가. 아Q는 중얼거렸다.

"그건 틀렸어. 우습기 짝이 없다고!"

그리고 웨이좡 사람들은 기름에 튀긴 생선에다 반 촌쯤 되는 파를 듬성듬성 썰어놓는 데 반해 성내 사람들은 실파처럼 잘게 썰어 놓는다.

"그것도 틀렸다고. 우스운 노릇이지!"

하지만 웨이좡 사람들이야말로 세상 물정을 모르는 '우습기 짝이 없는' 촌놈들이다. 그들은 아무도 성내의 튀긴 생선을 보지 못했으니까.

아Q는 '옛날에는 대단했고', 식견도 높으며 게다가 '유능'하기까지 하니 그야말로 진정한 '완인'*이 아닌가. 그러나 애석하게도 그에게는 신체적인 결함이 있었다. 그중에서도 가장 골칫거리가 바로 그의 머리에 언제 생겼는지조차 모르는 몇 개의 탈모 흉터다. 비록 그

---

* 完人, 완벽한 사람(옮긴이 주)

의 몸에 나 있는 것이기는 해도 아Q로서는 그다지 달갑게 느껴지지 않았다. 그래서 그는 흉터와 음이 비슷한 모든 글자를 싫어했으며 나중에는 '광(光)'자나 '량(亮)'자, 심지어는 '등(燈)'이나 '촉(燭)'과 같이 '빛나는'이란 뜻을 가진 모든 문자까지 신경질적으로 싫어했다.

그의 이 같은 콤플렉스를 건드리는 자가 있으면 고의든 실수든 간에 물불을 가리지 않고 달려들곤 했다. 그는 우선 상대방을 보아 어눌한 자에게는 욕설을 퍼부었으며 자기보다 힘이 좀 약한 것 같으면 때리기도 했다. 그럼에도 어찌 된 노릇인지 아Q는 손해볼 때가 더 많았다. 그래서 점차 방법을 바꾸어 이제는 눈을 부릅뜨고 노려보는 쪽을 택했다.

그러나 뜻하지도 않게 아Q가 방법을 바꾸고 나자 웨이쫭의 건달들은 더욱더 신이 나서 그를 놀려대기 시작했다. 그들은 아Q만 보면 짐짓 놀란 척하면서 말하곤 했다.

"음, 밝아졌는걸!"

그러면 아Q는 버럭 화를 내며 눈을 부릅뜨고 그들을 노려본다.

"알고 보니 방범등이 있었군!"

그들은 전혀 두려운 기색이 없었다. 아Q도 어찌 할 방법이 없자 보복할 무슨 말이 없을까 하고 생각했다.

'인간 같지도…….'

순간 자신의 머리에 나 있는 흉터는 고상하고도 영광된 흉터로서 보통 사람의 흉터와는 전혀 다르다는 생각이 들기도 했다. 하지만 앞에서도 언급한 바대로 아Q는 매우 식견 있는 사람이었기 때문에 그런 말을 하다간 '금기'를 범하고 말 것 같아 더 말을 하지 않았다.

그들은 그것으로 그치지 않고 계속 괴롭히다가 끝내는 아Q를 때리고 만다. 겉으로 본다면야 아Q는 패했다. 그는 변발을 낚아채인 채 담벼락에 네댓 번 머리를 쥐어박혔다. 그제서야 건달들도 만족한 듯 득의양양하게 가버렸다.

아Q는 잠시 서 있었다.

"아이들에게 맞은 거라고. 요즘은 정말 말세라니까."

그러고는 자신도 만족스러워 득의양양하게 가버렸다.

아Q는 자신이 마음속에서 생각했던 것을 늘 뒤에 가서 떠들어대곤 했다. 그래서 아Q를 놀렸던 사람들은 누구나 그의 이 같은 정신적인 승리법을 알고 있었다. 그래서 변발을 쥐고 흔들 때면 으레 이렇게 말하는 것이었다.

"아Q, 이건 애가 어른을 때리는 것이 아니라 사람이 짐승을 때리는 거다. 어서 '사람이 짐승을 때린다' 하고 말해봐."

아Q는 두 손으로 변발을 움켜쥔 채 머리를 기울이면서 말했다.

"버러지를 때린다고 하면 어떨까? 나는 버러지라고. 이래도 안 놔줄 거야?"

스스로를 '버러지'라고 했지만 그들은 좀처럼 변발을 놓아주지 않았다. 늘 그랬던 것처럼 이번에도 변발을 휘어잡고는 대여섯 번 머리를 벽에다 쥐어박고 나서야 의기양양하게 돌아갔다. 그들은 이번이야말로 아Q가 혼 좀 났을 거라고 여겼다. 그러나 조금 뒤 아Q마저도 의기양양해서 돌아갔다.

그는 스스로를 자기 비하의 제1인자라 여겼다. '자기 비하'란 말만 빼면 어쨌든 '제1인자'가 된다. 장원급제도 '제1인자' 아닌가!

"네놈들이 무엇이라고 큰소리치는 거냐!"

이처럼 그는 기상천외한 방법으로 자신을 달랜 뒤 신이 나서 주점으로 달려갔다. 몇 사발의 술을 들이켜면서 사람들과 한바탕 웃기도 하고 싸움도 했다. 그는 이번에도 이겼다. 역시 즐거운 마음으로 토곡사로 돌아와 아무렇게나 곯아떨어졌다.

만일 돈이라도 있었다면 이럴 때 도박판에라도 달려갔을 것이다. 한 떼의 사람들이 땅바닥에 둘러앉아 있고 아Q는 얼굴에 땀을 비 오듯 흘리면서 그 사이에 끼어 있다. 그의 목소리가 제일 크다.

"청룡(靑龍)에 400!"

"자, 그럼…… 엽니다!"

물주는 상자의 뚜껑을 연다. 그 역시 얼굴은 땀에 흠뻑 젖은 채 노래를 흥얼거린다.

"천문(天門)아…… 각회(角回)야!…… 사람과 천당(穿堂)은 어디로 갔나!…… 아Q의 동전은 이리 갖고 오너라!……."

"천당에 100, 150!"

그의 노랫소리와 함께 아Q의 돈은 점점 그의 허리춤으로 들어간다. 결국 그는 군중들 틈을 헤집고 나와 뒤에 서서 바라보는 신세가 되고 만다. 괜히 남 때문에 조바심을 내기도 하다가 판이 끝나면 아쉬운 듯 토곡사로 되돌아온다. 그러다 이튿날이 되면 퉁퉁 부은 눈으로 일하러 갔을지도 모른다.

그러나 '인간 만사 새옹지마'라고 하지 않았는가! 운이 좋게도 도박에서 아Q가 한 번 이긴 적이 있는데, 그것도 사실은 진것이나 다름없었다.

그러니까 웨이짱에서 새신*이 있던 날 밤이었다. 관례에 따라 이날도 창극(唱劇)이 있었고 무대 왼쪽에 예의 그 도박판이 역시 관례대로 무수히 들어서 있었다.

창극의 요란한 꽹과리 소리가 아Q의 귀에는 10리 밖에서 들려 오는 것 같았다. 그의 귀에는 오직 물주의 노랫소리뿐이었다. 그는 계속해서 이겼다. 동전은 어느덧 은전으로 수북이 쌓였다. 그는 신이 났다.

"천문에 두 냥!"

그때 왁자지껄한 욕설과 때리는 소리, 그리고 발소리가 뒤범벅되어 들려왔다. 그는 도대체 누가 누구와 무엇 때문에 싸우는지 알 수가 없었다. 그는 한바탕 정신을 잃고 있었다.

가까스로 깨어나 보니 도박판과 사람은 온데간데 없었다. 목 여기저기서 통증이 엄습해오는 듯했다. 마치 누구에게 실컷 얻어맞은 것 같았다. 몇 사람이 놀란 눈초리로 자신을 쳐다보고 있었다.

그는 마치 정신나간 사람처럼 토곡사로 돌아왔다. 정신을 차린 순간 한 무더기나 있었던 은전이 그림자도 보이지 않았다. 이번처럼 새신 때를 돌면서 벌이는 도박판은 대부분이 웨이짱 사람이 벌이는 것이 아니다. 그러니 어디 가서 그들을 찾는단 말인가?

희고 빛까지 났던 은전 한 무더기! 그것은 아Q의 것이었는데 이제는 어디론가 사라지고 말았다! 아이들에게 빼앗겼다고 쳤지만, 그래도 아Q는 어딘지 모르게 서글펐다. 그렇지, 스스로 버러지라고 하지

---

*   賽神, 신을 제사 지내는 일종의 푸닥거리(옮긴이 주)

않았던가? 그렇게 자위해보았지만 그래도 아쉽기는 마찬가지였다. 그는 이번만은 실패의 쓰라림을 맛보아야 했다.

그러나 그것도 오래 가지는 않았다. 아Q는 즉시 전화위복의 계기로 삼았다. 그는 오른손을 불쑥 치켜올리고는 자신의 뺨을 두 차례나 힘껏 후려쳤다. 화끈거리면서 아프기까지 했다. 실컷 때리고 나자 그때서야 마음이 좀 후련해졌다. 어쩐지 때린 것은 자기고 맞은 사람은 남인 것 같기도 했다. 그리고 잠시 후엔 확실히 자신이 남을 때린 것으로 바뀌어 있었다. 아직도 화끈거리고 아팠지만 그는 승리감에 도취해 자리에 누웠다.

그는 곯아떨어졌다.

제3장 속우승기략(續優勝記略)

이렇듯 아Q는 늘 이기기만 하는 사람이었지만 짜오타이예에게 뺨을 맞고 나서부터 비로소 유명해지기 시작했다. 띠빠오에게 200문의 술값을 지불하고 난 뒤 식식거리면서 자리에 누워, 그는 혼자말로 중얼거렸다.

"이놈의 세상 어처구니가 없군, 아이가 어른을 때리는 판이니……."

순간 그는 짜오타이예의 위풍당당한 모습을 떠올렸다. 하지만 그는 이제 자기의 아들이 아닌가! 그 생각을 하니 아Q는 득의만만 해지기 시작했다. 그는 벌떡 일어나 '소고상상분(小孤孀上墳)'*이라는 노래를 흥얼거리면서 주점으로 갔다. 그는 이때야 비로소 짜오타이예가 역시 한 수 높은 훌륭한 사람이라는 것을 다시 한번 느꼈다.

묘하게도 이때부터 사람들이 자신을 유달리 존경해 마지않는 것 같았다. 이 점에 대해 혹자는 그 사건으로 아Q가 그의 부친 취급을 받게 되었기 때문이라고 하겠지만 사실은 그렇지가 않다. 평소 웨이쫭 지방의 통례로는 아치(阿七)가 아빠(阿八)를 때렸다거나 아니면 리쓰(李四)가 쨩싼(張三)을 때렸다고 하는 일은 그다지 중요한 사건이 못 되었다. 반드시 짜오타이예 같은 유명 인물과 관계되어야만 비로소 인구에 회자될 수 있었다. 그리하여 일단 사람의 입에 오르게 되면 때린 사람뿐만 아니라 맞은 사람도 덩달아 유명해지곤 했다. 이번 사건처럼 잘못이 아Q에게 있다 해도 그 법칙은 그대로 적용된다. 그 까닭은 무엇인가? 짜오타이예 같은 사람이 잘못할 리가 없기 때문이다.

그럼 잘못을 저지른 아Q에게 다들 존경심을 표하는 이유는 무엇이란 말인가? 해답을 제시하기란 꽤나 어렵다. 하지만 구태여 말한다면 아Q가 짜오타이예의 본가라고 해서 실컷 얻어맞긴 했지만 그래도 남들은 그의 말이 사실일지도 모른다는 일말의 의구심은 갖고 있었고 그럴 바에야 차라리 존경해주는 것이 온당할 것 같았기 때문이다. 이는 마치 콩쯔(孔子) 묘(廟)의 태뢰(太牢)**와 같은 이치다. 소

---

* 사오싱 지방에서 유행하던 연주

** 고대 제례에서 소와 양, 돼지를 의미했는데 후에는 소만 지칭하게 되었다.

는 돼지나 양과 같은 가축이지만 일단 성인께서 젓가락을 대었다는 이유만으로 선유(先儒)들은 경거망동하지 못했다.

이때부터 아Q는 몇 년간이나 득의에 찬 나날을 보내게 되었다.

어느 해 봄, 아Q는 얼큰히 취해서 길을 걷고 있었다. 양지 바른 담 밑에서 왕후(王鬍)가 웃통을 벗어젖힌 채 이를 잡고 있었다. 순간 아Q도 온몸이 간질거려왔다.

이 왕후란 자는 수염투성이에 부스럼〔癩〕까지 있어서 사람들은 그를 왕라이후(王癩鬍)라고 불렀다. 그런데 아Q는 라이(癩) 자를 빼버리고 왕후라고 부르면서 그를 퍽이나 멸시했다. 아Q의 뜻은 이렇다. 즉 문둥병 같은 부스럼 정도야 신기할 여지도 없지만 얼굴에 난 수염만은 너무도 신기하다 못해 꼴불견이라고 했다.

아Q는 그의 옆에 나란히 앉았다. 만일 건달들이었다면 결코 함부로 앉을 수가 없었겠지만 왕후 옆이라면야 무서울 게 없었다. 솔직히 말해 아Q가 거기 앉았다는 것은 왕후를 한 축 올려준 것이나 다름없었다.

아Q도 해진 옷을 벗고 쭉 훑어보았다. 방금 목욕을 한 때문인지 아니면 자세히 보지 않아서였는지 몰라도 한참을 찾아보았지만 서너 마리밖에는 잡지 못했다. 그러나 옆의 왕후는 연신 이를 잡아 입속에 넣었고 터뜨리는 소리도 요란하게 들렸다.

아Q는 처음에는 적이 실망했다가 나중에는 불평하기 시작했다. 젠장 꼴불견인 왕후란 놈도 이가 저렇게 많은데 자신은 적으니 체면이 말이 아니었기 때문이다. 그는 좀 큰 것 몇 마리를 잡고 싶었지만 아무리 찾아도 없었다. 가까스로 중간 정도의 이를 한 마리 잡아냈는데 철천지 원수라도 잡은 양 입속에 틀어넣고 힘껏 깨물었다. '뿌드득!' 하는 소리가 나기는 했지만 이것마저 왕후에 비하면 어림도 없었다.

아Q의 흉터가 온통 붉은색을 띠었다. 그는 옷을 땅에 팽개치고 나서 침을 '퉤!' 하고 뱉었다.

"이 버러지 같은 놈아!"

"똥개 같은 놈이 누굴 보고 욕지거리냐?"

왕후가 멸시하는 눈초리로 말했다.

그렇지 않아도 요즘 아Q는 남들에게 약간의 존경을 받고 있던 터라 꽤 거만해져 있었다. 하지만 건달들만 보면 아직도 겁부터 집어먹던 그가 이번만은 용기백배해 있었다. 이 따위 털보 녀석이 뭐가 그리 대단하다고 입을 함부로 놀린단 말인가!

"누구는 누구야. 바로 네놈이지!"

아Q는 벌떡 일어나 두 손을 허리에 꽂으면서 대꾸했다.

"이놈이 근질거리는 모양이지?"

왕후도 일어서더니 옷을 입으면서 맞받았다.

아Q는 녀석이 도망치는 줄 알고 한 발 내딛으면서 냅다 주먹을 날렸다. 그러나 그의 주먹은 미처 상대의 얼굴에 닿기도 전에 왕후의 손에 잡혀버렸다. 왕후가 그의 손을 당기자 그는 비틀거리면서 끌려갔다. 순간 변발마저 틀어잡힌 채 담 쪽으로 끌려갔다.

"군자는 말로 하지 손을 쓰지 않는 법이다!"

아Q가 처량한 모습으로 소리쳤다.

그러나 왕후는 군자가 아니었던지 그의 말에는 아랑곳하지 않았다. 아Q의 머리를 대여섯 번 담벼락에 찧고 나서 힘껏 밀었다. 아Q가 저만큼 나동그라지자 그는 그제서야 분이 풀린 듯 가버렸다.

아Q의 기억으로는 난생 처음 당하는 굴욕이었다. 그도 그럴 것이 털보였던 죄로 왕후는 늘 아Q에게 놀림만 당했지 한번도 자기를 놀려본 적은 없었고 더더구나 완력을 휘두른다는 것은 상상조차 할 수 없었던 일이었다. 그러나 끝내 주먹다짐까지 하지 않았는가. 그것은 참으로 의외의 사건이었다. 들리는 소문으로는 황제가 과거를 폐지해서 수재와 거인(擧人)이 빛을 잃게 되었다는데, 결국 짜오가의 위력이 그만큼 상실된다는 뜻이다. 설마 그것 때문에 아Q를 얕잡아보는 것은 아닐 텐데.

아Q는 우두커니 서 있기만 했다. 그때 멀리서 한 사람이 오고 있었다. 아Q의 적수가 또 온 것이다. 그는 바로 치엔가(家)의 큰 아들로서 역시 아Q가 제일 싫어하는 자였다. 옛날 성내의 양학당(洋學堂)에 다니는가 싶더니 일본으로 건너갔다가 반년이 지나 다시 집으로 돌아오고 말았다. 다리가 쭉 뻗어 있었고 변발도 보이지 않았다. 당시 이 꼴을 본 그의 어머니는 얼마나 대성통곡했던가. 마누라조차 세 번이나 우물에 뛰어들었다.

그 뒤 그의 어머니는 가는 곳마다 이렇게 말하곤 했다.

"그놈의 변발은 글쎄나쁜 놈들이술을 실컷먹여 취하게 한 다음 잘라버렸다지 뭐예요. 원래는 높은 벼슬을 할 참이었는데 변발이 있어야지요. 하는 수 없지요. 다 자랄 때까지 기다리는 수밖에는……."

하지만 아Q는 그 말을 믿지 않았다. 오히려 그를 '가짜 양(洋)귀신'이나 '외국놈과 내통한 자'라고 부르면서 부딪치기만 해도 마음속에서는 저주가 들끓었다.

특히 아Q가 '극도의 증오심'을 느낀 것은 그의 가짜 변발이었다. 변발까지 가짜를 했다는 것은 인간의 자격조차 없는 것이나 다름없었다. 그러니 그의 마누라가 네 번째로 우물에 뛰어들지 않는다면 그 여자도 훌륭한 여자라고는 할 수 없었다.

그 '가짜 양귀신'이 오고 있다.

'대머리 돌중 같으니라고……'

아Q는 늘 마음속으로만 이렇게 욕을 퍼부었지 실제로 소리를 내 본 적은 없었다. 그런데 이번에는 워낙 화가 치민데다 복수심마저 불타올랐기 때문에 자기도 모르는 사이에 그 말이 입 밖으로 튀어나오고 말았다.

그런데 그 순간 대머리가 노란 칠을 한 몽둥이, 바로 아Q가 말하는 곡상봉*을 휘두르면서 쫓아오는 것이 아닌가. 순간 자신을 때리려 한다는 것을 직감한 아Q는 자라목이 되어가지고 기다렸다.

'탁!' 하는 소리와 함께 아Q의 머리를 쪼갤 듯이 내리쳤다.

"얘 보고 한 말인뎁쇼!"

아Q는 옆에 있던 어린애를 가리키면서 궁색한 변명을 했다. 순간 '탁! 탁! 탁!' 하고 둔탁한 소리가 연이어 들려왔다. 아Q의 기억으로는 이것이 태어나 두 번째 겪는 굴욕이었다.

그러나 다행히도 몽둥이 소리와 함께 사건도 끝이 난 것 같아 오히려 홀가분한 느낌도 들었다. 역시 조상 대대로 물려받은 '망각'이

---

*　哭喪棒, 곡을 할 때 짚는 지팡이(옮긴이 주)

라는 보물이 효과가 있긴 있었다. 그는 천천히 주점으로 향했다. 주점으로 들어서는 순간 그는 어느덧 신이 나 있었다.

그때 맞은편에서 징쇼우안(靜修庵)의 비구니가 오고 있었다. 아Q는 평소부터 그녀만 보면 욕설을 퍼붓곤 했는데 오늘처럼 굴욕을 당한 날은 더 말할 나위가 없었다. 지난 일을 생각하고는 괜히 적개심이 불타올랐다.

"오늘 운수가 왜 이렇게 나쁜가 했더니 알고 보니 저년을 만나려고 그랬구나."

아Q는 비구니 쪽으로 다가가 침을 뱉었다.

"퉤! 퉤!"

그러나 그녀는 그의 무례에는 아랑곳하지도 않고 머리를 푹 숙인 채 걷고만 있었다. 그러자 아Q는 바싹 다가가 방금 면도질한 그녀의 머리를 어루만지면서 히죽거렸다.

"대머리. 빨리 돌아가지그래. 중놈이 기다리고 있다니까……."

"어디다 감히 손찌검을 하는 거요!"

비구니는 얼굴을 홍당무처럼 붉히면서 말하고는 빠른 걸음으로 걸어갔다.

이 광경을 본 주점 사람들이 껄껄대고 웃었다. 그러자 아Q는 더욱더 신이 났다.

"그래 중놈은 건드릴 수 있고 나는 못 건드린단 말이냐?"

아Q는 그녀의 뺨을 꼬집으면서 말했다. 주점 안에서는 다시 폭소가 터졌다. 아Q가 더욱 신이 난 것은 물론이다. 그러고 보니 그들을 만족시켜주어야 할 필요가 있었다. 그는 힘껏 꼬집은 다음에야 놓아주었다.

　이번 일로 해서 아Q는 왕후나 가짜 양귀신을 잊을 수 있었다. 이제 오늘 있었던 굴욕에 대해 깨끗이 복수를 한 것만 같았다. 그러나 무엇보다도 이상한 것은 아까 가짜 양귀신에게 얻어맞을 때보다 더 상쾌해져서 훨훨 날아갈 것만 같았던 점이다.

　"씨도 못 받을 놈 같으니라고……."

　멀리서 울음 섞인 비구니의 목소리가 들려왔다.

　"으하하하하!"

　아Q는 개선장군이나 된 양 득의의 웃음을 터뜨렸다.

　"으하하하하!"

　주점 안에 있던 사람들도 마찬가지였다.

제4장 연애의 비극

　승리자 가운데는 상대방이 호랑이나 독수리처럼 포악해야 승리의 희열을 느끼는 사람이 있다. 그들은 반대로 적수가 양이나 닭처럼 보잘것없으면 승리하고도 오히려 무료함을 느낀다고 한다.

　그러나 이와는 달리 모든 것이 끝난 뒤 적도 없고 친구도 없는 처량하고 적막한 상황에서 오히려 승리의 비애를 느끼는 자도 있다.

　그러나 우리의 아Q는 그렇지가 않다. 그는 영원히 득의만만하기 때문이다. 혹자는 이 점을 두고 중국의 정신 문명이 전 세계의 으뜸이 될 수 있는 하나의 증거라고 말하기도 한다.

자, 보아라. 너무도 홀가분하여 마치 날아갈 것만 같은 아Q의 모습을!

그러나 이번 승리로 아Q도 약간 변하고 말았다. 그는 온종일 날아다니는 것만 같았다. 토곡사로 나는 듯이 돌아와 옛날 같으면 코를 골며 곯아떨어져야 했다. 그런데 이상하게도 이날 밤만은 도대체 잠이 오지 않았다. 이날 따라 엄지와 검지손가락이 이상하게 느껴졌다. 평소보다 훨씬 더 미끄러운 것 같았다. 비구니의 얼굴에서 분이라도 묻어서 그런 것인지 아니면 손가락이 그녀의 뺨에 닿아서였는지 알 수 없었다.

'씨도 못 받을 놈 같으니라고……!'

아Q의 귀에는 또다시 그 소리가 메아리쳐왔다. 그는 혼자말로 중얼거렸다.

"맞아! 여자가 있어야 해. 씨가 없다면 누가 밥을 먹여줄 것인가! 여자는 반드시 있어야 해. 불효 중에서도 가장 큰 불효는 자식이 없는 것이다. 귀신도 후손이 있어야 제사라도 받을 게 아닌가? 그러고 보니 자식이 없다는 것은 인생에서 커다란 비애가 아닐 수 없어!"

그의 이 같은 생각은 사실 성현의 말씀과 한 치의 오차도 없는 것이었지만 애석하게도 마음을 가다듬을 수가 없었다.

그는 곰곰이 생각해보았다.

'여자, 여자…….'

'중놈은 건드릴 수 있고…… 여자, 여자! ……여자!'

이날 밤 그가 몇 시에 잠이 들었는지는 모른다. 하지만 이때부터 손가락이 좀 미끈거리는 것을 느낄 수 있었고 그래서 그의 행동도 좀 가벼워졌다.

'여자…….'

이것만 보아도 여자란 사람을 망치게 하는 존재임을 알 수 있다. 중국의 남자들은 누구나 성인군자가 될 수 있었지만 애석하게도 여자 때문에 망치고 말았다. 상(商)은 따지(妲己) 때문에 망했고 쪼우(周)는 빠오쓰(褒姒) 때문에, 그리고 친(秦)도 정사에는 나와 있지 않지만 여자 때문에 망쳤다고 해도 틀리지는 않을 것이다. 한편 똥쭈오(董卓)도 땨오찬(貂蟬)이라는 여자 때문에 죽은 게 틀림없지 않은가?

아Q도 원래는 바른 사람이었다. 어떤 현명한 스승에게 배웠는지는 몰라도 '남녀칠세부동석(男女七歲不同席)'이란 관념에 대해서는 철저했다. 그는 또 비구니나 가짜 양귀신과 같은 이단자를 배척하는 데에도 나름대로의 주관이 있었다. 그의 주장은 이렇다. 즉 어떤 비구니이든 반드시 중놈과 사통하고 있으며 여자가 밖에 나돌아다니면 남자를 유혹할 흑심을 품게 마련이다. 그래서 남녀가 소근대고 있으면 그건 영락없이 못된 짓을 벌이게 되어 있다는 것이다.

그는 그와 같은 자들을 혼내주기 위해 가끔 눈을 부릅뜨기도 했으며 큰 소리로 꾸짖는가 하면 어떤 때는 으슥한 곳에 숨어 돌을 던지기도 했다.

그런 그가 나이 서른이 다 되어가지고 비구니 때문에 마음이 흔들릴 줄이야 꿈에나 생각했겠는가? 이것은 예교(禮敎)상 있을 수도 없는 노릇이었다. 그래서 여자는 가증스러운 존재인지도 모른다. 만일 비구니의 얼굴이 매끄럽지 않았더라면, 또 얼굴에 수건이라도 뒤집어썼더라면 아Q가 지금처럼 심란해하지는 않았을 터인데.

그러니까 5~6년 전의 일이었다. 당시 창극을 보기 위해 많은 사람이 운집해 있었다. 그 틈을 타 아Q는 한 여자의 다리를 슬쩍 만져보았다. 그러나 바지를 입고 있었기 때문에 당시에는 그다지 마음이 동하지 않았다. 그러나 이번의 비구니만은 그렇지가 않았다. 이것만 보아도 이단자가 얼마나 가증스러운 존재인지 알 것 같았다.

'여자……!'

아Q는 또다시 중얼거렸다.

그는 '남자를 유혹할' 여인에 대해 늘 관심을 갖고 지켜보았지만 그녀들은 웃지도 않았다. 또 자기에게 말을 걸어오는 여자에 대해서도 귀를 기울여보았지만 '못된 짓'에 관해서도 전혀 언급이 없었다. 여자란 얼마나 가증스러운 존재인가를 보여주는 좋은 단면이었다. 여자는 모두가 '정숙한 척' 할 뿐이다.

이날 아Q는 짜오타이예의 집에서 하루 종일 벼를 찧었다. 그리고 저녁 식사를 마친 뒤 부엌에서 담배를 피우고 있었다. 다른 집 같으면 식사가 끝나면 곧바로 집으로 돌아갔을 테지만, 이 집은 식사 시간이 이른 관계로 그러지 않았다.

짜오가의 규정에는 밤에 일체 등불을 밝히지 못하도록 되어 있었기 때문에 저녁 식사가 끝나면 즉시 잠자리에 들어야 했다. 그러나 가끔 예외가 있었다.

첫째, 짜오타이예가 진사에 급제하기 전에는 불을 밝혀 공부를 하도록 했으며, 둘째, 아Q가 품일을 하러 올 때면 밤에도 불을 켜서 벼를 찧도록 해주었다. 바로 이런 예외 규정이 있었기 때문에 아Q는 일을 하기 전에 부엌에서 담배를 피우는 것이었다.

우마(吳媽)는 이 집의 유일한 하녀였다. 밥그릇을 치우고 나자 의자에 앉아 아Q와 한담을 나누었다.

"마님께서 이틀간이나 식음을 전폐하고 있다고. 나리께서 젊은 년을 하나 사귀었다나?"

'여자…… 우마…… 이 젊은 과부를…….'

아Q는 문득 그런 생각을 하고 있었다.

"젊은 마님께선 8월에 애를 낳는다고……."

'여자!…….'

순간 아Q는 담뱃대를 내려놓고 벌떡 일어섰다.

"젊은 마님께서…….."

우마는 계속 지껄이고 있었다.

"너 때문에 미치겠어! 미치겠다고!"

아Q는 얼른 다가가 무릎을 꿇었다. 순간 적막이 흘렀다.

"에그머니나!"

우마는 외마디 소리와 함께 몸을 떨더니 고래고래 소리를 지르면서 밖으로 뛰쳐나갔다. 그녀는 계속 달리면서 소리를 질렀다. 나중에는 울음 소리까지 들리는 것 같았다.

아Q는 벽을 향해 꿇어앉은 채 사시나무 떨듯 떨고 있었다. 가까스로 의자를 잡은 채 일어섰다. 뭔가 잘못된 것 같았다. 가슴이 마구 방망이질을 해왔다. 얼른 담뱃대를 허리춤에 꽂은 채 벼를 찧기 위해 나갔다.

순간 '펑!' 하는 소리와 함께 무엇인가 머리를 내리치는 것 같았다. 굵직한 것이었다. 엉겁결에 급히 몸을 피했다. 수재였다. 그가 대나무 몽둥이를 들고 아Q 앞에 서 있지 않은가.

"너 이놈. 환장을 해도 분수가 있지. 이놈의 자식⋯⋯."

몽둥이가 또 한 번 내리쳐졌다. 아Q는 두 손으로 머리를 움켜쥐었다. '퍽퍽!' 하는 둔탁한 소리가 손가락 위에서 들렸다. 손가락이 찢어지는 것처럼 아팠다. 그는 부엌문을 박차고 나갔다. 이번에는 등을 얻어맞은 것 같았다.

"후레자식 같으니라고!"

등 뒤에서 수재가 관화*로 욕하는 소리가 들려왔다.

아Q는 곧장 방앗간으로 뛰어들어갔다. 혼자 우두커니 서 있는데 그때까지도 손가락이 아팠다.

"후레자식 같으니라고!"

아직도 그는 생생히 기억할 수 있다. 이 말은 관가에 출입하는 사람들만이 사용하던 말로서 웨이쫭 같은 시골 사람들은 아무도 그런 말을 쓰지 않았다. 그랬던 만큼 아Q로서는 훨씬 더 무서웠고 깊은 인상을 받았다.

그래서인지 그 '여자'에 대한 생각도 싹 가셨다. 생각만 그런 것은 아니었다. 한 대 얻어맞고 나니 사건 또한 결말이 난 듯 오히려 홀가분한 생각이 들기도 했다. 그는 벼를 찧었다. 얼마를 찧자 몸이 더워지기 시작했다. 아Q는 좀 쉬면서 옷을 벗었다.

그가 옷을 벗고 있을 때 밖에서 왁자지껄한 소리가 들려왔다. 아Q는 시끌시끌한 것을 무척이나 좋아했기 때문에 즉시 소리나는 쪽으

---

*   官話, 표준어(옮긴이 주)

로 나가보았다. 소리를 따라가다보니 결국 짜오타이예의 뜰에서 나는 것 같았다. 해가 어둑어둑 지고 있었지만 많은 사람들이 보였다. 짜오가의 식구들과 이틀 동안이나 식음을 전폐했다는 그 마님도 있었으며 옆집의 쪼우(鄒) 아주머니와 진짜 짜오가의 친척이 되는 짜오빠이옌(趙白眼)과 짜오쓰츤(趙司晨)까지 보였다.

젊은 마님이 우마를 끌고 나오면서 말했다.

"밖으로 나오너라. 제발 방구석에 처박혀 그러지 말고……."

"네가 결백하다는 걸 누가 모르니? 자살은 절대 안 된다."

옆에서 쪼우 아줌마도 한마디 거들었다.

우마는 울기만 했다. 간혹 뭐라고 중얼거렸지만 무슨 말인지 잘 들리지는 않았다.

"흥, 꽤 재미있는걸. 젊은 과부가 무슨 짓을 저질렀는지 모르겠군."

아Q는 좀더 자세히 듣기 위해 짜오쓰츤 옆으로 다가갔다. 그때였다. 짜오타이예가 자기를 향해 성난 사자처럼 달려오고 있는 것이 보였다. 손에는 예의 그 대나무 몽둥이를 든 채. 몽둥이를 본 순간 아Q는 아까 자신이 맞았던 것과 이 사건과는 무슨 관련이 있다는 것을 직감적으로 느꼈다.

아Q는 얼른 몸을 돌려 도망치기 시작했다. 방앗간으로 가기 위해서였다. 그러나 어느새 몽둥이가 앞길을 가로막고 섰다. 그는 또다른 방향으로 도망쳤다. 후문을 지나 잠시 후 토곡사 안으로 들어가버렸다.

아Q는 한참을 앉아 있었다. 피부에 소름이 돋아났으며 춥기까지 했다. 봄이라고는 하지만 그래도 밤에는 쌀쌀해서 옷을 벗고 있을 수는 없었다. 옷을 짜오가에 놔두고 온 걸 알고 있지만 수재의 몽둥이가 두려워 가지러 갈 엄두가 나지 않았다. 그러고 있는데 띠빠오가 들어왔다.

"아Q 이 개새끼야! 이젠 짜오가의 하녀까지 건드려! 숫제 뒤집어엎는군그래. 네놈 때문에 잠 한숨 못 잤단 말이다. 이 개새끼 같은 놈!"

이렇게 시작하여 또 한바탕 훈시를 들었지만 아Q로서는 할 말이 없었다. 훈시가 끝났을 때는 이미 밤이었다. 그래서 응당 술값의 배인 400문을 주어야 했지만 마침 가진 돈이 없었기 때문에 털모자를 저당잡히고 다섯 가지 약정까지 맺었다.

첫째, 내일 붉은 초, 그것도 1근짜리로 한 쌍과 향 한 봉지를
짜오가에 배상한다.
둘째, 짜오가에서 도사를 불러 악신을 쫓는 푸닥거리를 할 것
인즉 일체의 비용은 아Q가 부담한다.
셋째, 앞으로 아Q는 짜오가의 대문 출입을 금한다.
넷째, 차후 우마에게 이상이 있을 시는 모든 책임을 아Q에게
묻는다.
다섯째, 아Q는 노임과 옷을 요구할 수 없다.

이상의 조건에 아Q는 순순히 응했지만 애석하게도 돈이 없었다. 그러나 천만다행으로 이제 봄이 되었기 때문에 솜이불은 필요가 없었다. 그래서 그는 이불을 잡혀서 2,000문이라는 거금을 마련하여 겨우 약속을 이행할 수 있었다.

속죄를 하고 나자 그래도 몇 푼의 돈이 남았다. 그는 털모자를 찾을 생각도 않고 남은 돈으로 몽땅 술을 마셔버렸다. 그러나 약속과는 달리 짜오가에서는 그가 바친 향이나 초는 하나도 쓰지 않았으며 마님이 예불을 올릴 때 쓰기 위해 고스란히 남겨두었다. 그리고 해진 그의 옷은 8월에 태어날 아기의 기저귀로 대부분 쓰였고 나머지는 우마의 발싸개로 사용되었다.

제5장 생계 문제

속죄 의식을 마친 뒤 아Q는 토곡사로 돌아왔다. 해는 서산에 졌고 세상은 점점 기이하게만 느껴졌다.

곰곰이 생각한 그는 결국 깨닫게 되었다. 원인은 벌거벗은 자신의 상체 때문이었다. 다 해진 저고리가 있다는 것을 알았다. 그는 저고리를 걸치고 자리에 누웠다.

눈을 떠보니 태양은 또다시 서산에 기울고 있었다. 아Q는 자리에서 일어나면서 중얼거렸다.

"지랄 같은……."

아Q는 자리에서 일어나 여전히 거리를 쏘다녔다. 벌거벗었을 때만큼 통증은 없었지만 세상은 또다시 점점 이상하게 느껴졌다.

이날부터 웨이쫭의 여자들은 아Q를 무서워하는 것 같았다. 아Q만 보면 다들 문간에 숨어버렸다. 심지어는 근 쉰에 가까운 쪼우 아줌마조차 마찬가지였으며 한술 더 떠 열한 살 난 딸년까지 불러들이는 것이 아닌가.

아Q는 무슨 영문인지 알 수가 없었다.

"이것들이 갑자기 처녀 흉내를 내는군. 잡부 같은 년들이……."

그러나 세상이 더욱 요지경이라고 느낀 것은 이보다 며칠 더 지나서였다.

첫째, 술집에서 외상을 주지 않았고, 둘째, 토곡사를 관리하던 영감쟁이가 갑자기 나가라고 한 점, 셋째, 정확하게 며칠이라고 말할 수는 없지만 어쨌든 상당한 시일이 지나도록 아무도 그에게 품일을 요청해오지 않았다는 점이다.

술집에서 외상을 안 준다면야 술 좀 참으면 될 것이고 또 토곡사를 나가라는 것도 잔소리 몇 번 들으면 끝낼 수 있다. 하지만 일거리가 없다는 것은 굶으라는 것이나 다름없으니 이거야말로 '지랄' 같은 경우가 아닐 수 없었다.

아Q는 이제 더는 참을 수가 없었다. 하는 수 없이 그동안 붙어살았던 몇 집을 찾아가보기로 했다.

짜오가만은 대문 출입이 금지되었지만. 그러나 이상한 노릇이었다. 어떤 집이든 남자가 나와 마치 거지를 대하듯 귀찮다는 표정으로 손을 내젓는 것이 아닌가.

"없다, 없어. 가거라, 가!"

아Q는 생각할수록 이상했다.

"이상하다. 평소 같으면 늘 내 도움을 필요로 했던 집들이 이렇게 일이 없을 수가 있을까? 무슨 곡절이 있는 게 틀림없어!"

그 뒤 그는 틈만 나면 이 의문을 풀기 위해 노력했다. 알고 보니 사람들이 일이 있을 때마다 샤오Don*(샤오D)을 쓰고 있었다. 샤오D로 말할 것 같으면 거지에다 깡마르고 궁색해서 아Q의 눈에는 왕후보다도 못한 놈이었다. 그런데 그런 놈이 자기의 밥그릇을 가로챘을 줄이야.

아Q는 눈이 뒤집혔다. 이번의 분노는 평소와는 완전히 달랐다. 그는 화가 치밀어 식식거리면서 걸었다. 그리고는 갑자기 손을 휘두르면서 외쳤다.

"쇠사슬로 네놈을 후려치리라!"**

며칠이 지나 치엔가의 담 밑에서 샤오D를 만났다.

"원수는 외나무 다리에서 만난다더니!"

아Q가 한달음에 쫓아가자 샤오D도 그 자리에 우뚝 섰다.

"짐승 같은 놈!"

아Q가 먼저 눈을 부라리면서 말했다. 입가에는 침이 튀었다.

"그래 나는 버러지다, 왜?"

샤오D도 응수했다. 이 말에 아Q는 더 화가 나고 말았다. 아Q는 손에 쇠사슬이 없었기에 대신 샤오D의 변발을 냅다 움켜쥐었다. 그러자 샤오D도 한 손으로는 자기의 변발을 잡으면서 다른 손으로는 아Q의 변발을 움켜쥐는 것이 아닌가. 아Q도 하는 수 없이 자기의 변

---

*   샤오는 '小', Don은 '同'이므로 곧 소동(小同)

**   사오싱 지방의 유명한 연극 〈용호투(龍虎鬪)〉 중의 창사(唱詞). 송(宋) 태조 짜오쾅인(趙匡胤)과 후옌짠(呼廷贊)의 싸움을 읊은 연극이다. '후회해도 소용없네, 술에 취해 쩡시엔띠(鄭賢弟)를 죽였으니' 역시 이 연극의 창사다. 쩡시엔띠는 쩡쯔밍(鄭子明)으로서 짜오쾅인의 맹장(猛將)이었다.

발을 움켜쥐었다. 옛날 같으면 샤오D는 아Q의 상대가 되지 못했다. 그러나 며칠간 굶었던 터라 마르고 궁색하기는 샤오D보다 더하면 더했지 덜하지는 않았다. 결국 두 사람은 호각지세를 이루게 되었다. 네 개의 손이 두 개의 변발을 움켜쥔 채 엉거주춤 서 있었다. 마치 치엔가의 흰 담벽에 남색의 무지개가 걸쳐 있는 것 같았다. 그것도 한참 동안이나.

"거 참, 꼴 보기 좋구나!"

지나가던 사람들이 한마디씩 했다. 아마도 싸움을 말리는 뜻이리라.

"좋구나, 좋아!"

역시 그들의 싸움을 지켜보던 사람들이 한 말이었지만 싸움을 말리는 건지 아니면 선동하는 건지 모를 아리송한 말이었다.

그러나 두 사람은 들으려 하지 않았다. 아Q가 세 발짝 디디면 샤오D는 그만큼 물러나 섰다. 샤오D가 그러면 이번에는 아Q가 물러섰다. 약 반시간쯤 지났을까? 웨이좡에는 자명종이 드물었기 때문에 속단할 수가 없다. 아마 20분쯤 되었을 것이다. 두 사람의 머리에서는 마침내 허연 김이 피어올랐고 이마에서는 땀이 흘러내렸다. 아Q의 손이 풀리자 이와 동시에 샤오D의 손도 풀렸다. 두 사람은 약속이나 한 듯 물러서더니 군중 틈을 비집고 나가버렸다.

"어디 두고 보자. 개새끼!"

아Q가 뒤돌아보면서 말했다.

"두고 보자, 개새끼!"

샤오D도 마찬가지였다.

이번의 용호상박은 무승부로 끝난 것 같았다. 관중들도 만족했는지 별다른 반응은 나오지 않았다. 그러나 여전히 아Q에게는 품일을 부탁하러 오는 자가 없었다.

꽤 따뜻한 어느 날이었다. 산들바람이 솔솔 불어오는 것이 여름 기분이 들었지만 아Q에게는 꽤 춥게 느껴졌다. 그러나 그런 것쯤이야 얼마든지 참을 수 있었지만 문제는 배고픔이었다. 솜이불이며 털모자, 그리고 내의는 없어진 지 오래다. 그 뒤 겉옷까지 팔아버렸다. 아직 바지는 남아 있지만 그것마저 벗을 수야 있겠는가? 또 다 해진 적삼도 있기는 하나 남의 발싸개로 거저 주지 않고서야 한 푼의 값어치도 없다.

아Q는 오래전부터 길거리에서 돈을 좀 주울 수 있지 않을까 기대해보았지만 오늘까지 한 푼도 줍지 못했다. 그래서 이번에는 다 쓰러져가는 토곡사는 어떨까 하고 사방을 두리번거려보았지만 집 안은 텅 빈 채 아무것도 없었다. 하는 수 없이 그는 구걸하기로 마음먹고 문을 나섰다.

아Q는 길거리를 헤매면서 '구걸'을 하고 있었다. 어느 낯익은 술집에 역시 낯익은 만두가 보였다. 하지만 그는 지나칠 수밖에 없었다. 아니, 잠시 머뭇거리지도 않았을 뿐만 아니라 아예 말조차 꺼내지도 않았다. 그가 바라는 것은 그런 것이 아니었다. 그러나 자신이 무엇을 찾고 있는지조차 알 수 없었다.

웨이좡은 큰 고을이 아니었기 때문에 얼마 지나지 않아 끝이었다. 마을 밖은 대부분 논이었는데 갓 심은 싱그런 모가 눈에 가득 들어왔다. 그 가운데에 둥근 흑점이 움직이고 있었다. 일하는 농부들이었다. 아Q는 그들을 거들떠보지도 않고 지나쳐버렸다. 자기가 하는 '구걸'과는 거리가 너무도 멀다는 사실을 잘 알고 있었기 때문이었다. 결국 그는 징쇼우안의 담 밖까지 가게 되었다.

징쇼우안의 담 둘레도 논 일색이었다. 흰 담이 신록 속에 돋보였고 뒤쪽 낮은 담 안으로는 채소밭이 있었다. 아Q는 이곳에서 잠시 머뭇거렸다. 주위를 둘러보니 아무도 없었다. 그는 곧 낮은 담을 기어올라 등나무 가지를 붙잡았다. 그렇지만 토담이었기 때문에 흙이 흘러내렸다. 그럴 때마다 아Q의 다리도 사시나무 떨듯 떨렸다. 마침내 그는 담 옆의 뽕나무에 올라 안으로 뛰어내렸다.

안에는 무엇인가 잔뜩 심어져 있었지만 황주(黃酒)나 만두, 그리고 그 밖에 먹을 것이라고는 하나도 없었다. 담의 서쪽에는 대나무 숲이 있었고 그 밑에는 죽순이 무수히 돋아나 있었지만 아깝게도 삶은 것이 아니라 이것마저 먹을 수가 없었다. 그리고 유채가 열매를 맺고 있었으며 배추는 이미 시들어 있었다.

문동이 과거에 떨어진 것처럼 아Q도 분통이 치밀었다. 대문 쪽을 향해 천천히 걷다가 깜짝 놀랐다. 그것은 틀림없는 무밭이 아닌가. 그는 반가워서 얼른 무릎을 꿇고 앉아 뽑기 시작했다. 그때 문 쪽에서 갑자기 둥근 머리가 보이는가 싶더니 얼른 움츠러들었다. 젊은 비구니가 틀림없었다.

그 따위 젊은 비구니쯤이야. 옛날부터 아Q는 거들떠보지도 않았다. 그러나 세상사란 반드시 '한 발짝 물러서서 생각'해보아야 하는 법, 얼른 네 개를 뽑아 무청을 비틀어버린 다음 품속에 집어넣었다. 하지만 때는 늦었다. 늙은 비구니가 벌써 나와 있었다.

"나무아미타불, 아Q, 어떻게 이곳까지 와서 무를 훔치는고! 아이
구, 죄과로다, 어이쿠, 나무아미타불!"

"내가 언제 무를 훔쳤다고 그래!"

아Q는 힐끔힐끔 쳐다보면서 말했다.

"바로 지금…… 그래도 아니야!"

늙은 비구니가 그의 옷을 가리키면서 말했다.

"이게 당신 것이라고? 어디 이 무에게 물어보시오. 다, 당신……."

그는 말도 채 끝내지 않고 줄행랑을 쳤다. 아Q를 뒤쫓아온 것은
커다란 검은 개였다. 이놈은 원래 앞문 쪽에 있었는데 어느새 여기까
지 왔다. 개는 으르렁거리면서 쫓아와 아Q의 다리를 물 참이었다. 그
러나 천만다행히도 주머니에서 무 한 개가 떨어지는 바람에 깜짝 놀
란 개가 잠시 섰다. 이 틈을 타 아Q는 뽕나무 위로 올라가 담 밖으로
뛰어내렸다. 사람과 무가 함께 떨어졌다. 개는 뽕나무를 향해 짖어댔
고 늙은 비구니는 염불을 외고 있었다.

아Q는 그녀가 개를 풀어버릴까 두려워서 무를 집자마자 냅다 달
리기 시작했다. 길을 따라 달리면서 돌도 몇 개 주워 들었지만 개는
이제 나타나지 않았다. 그제서야 그는 돌을 던져버리고 천천히 걸으
면서 무를 먹기 시작했다. 그러면서 중얼거렸다.

'젠장 이곳은 별 볼일 없어. 역시 성내보단 못하다고…….'

세 개의 무를 다 먹었을 무렵, 그는 이미 성내로 가리라 결심했다.

제6장 중흥에서 말로(末路)까지

웨이쫭에 아Q가 다시 모습을 나타낸 것은 중추절을 갓 넘기고서였다. 사람들은 아Q가 돌아왔다고 야단들이었다. 그들은 놀라움과 기이한 눈빛으로 과거 그의 행적을 떠올리면서 말했다. 도대체 어디를 갔다 왔단 말인가? 그도 그럴 것이 전 같으면 성내에 갔다 오면 한바탕 신이 나서 떠들곤 했지만 이번만은 그렇지가 않았다. 따라서 아무도 그가 성내에 갔다 온 것으로는 여기지 않았다. 물론 토곡사를 지키는 영감쟁이에게는 이야기했을지도 모른다. 하지만 웨이쫭의 예로 보면 짜오타이예나 치엔타이예, 또는 수재 정도 되는 인물들이 성내에 갔을 때라야만 하나의 사건이 되었고 가짜 양귀신마저도 대수롭게 여기지 않았던 판이니 아Q라고 해서 별 볼 일 있었겠는가? 따라서 그 이야기를 들은 영감쟁이도 흘려듣고 말았을 테니 결국 웨이쫭 사회에서는 아무도 모를 수밖에 없었다.

하지만 이번에 그의 귀환은 옛날과는 판이했다. 확실히 놀랄 만한 것이었다. 해가 져 어둑어둑할 무렵, 아Q는 몽롱한 눈빛으로 주점 앞에 나타났다. 계산대 쪽으로 가더니 허리춤에서 은전과 동전을 잔뜩 꺼내 던지면서 말했다.

"자, 현금이다. 술을 갖고 와!"

이번에는 번드레한 새 옷에다 허리춤에는 커다란 따롄(搭連)*까

---

* 장방형의 조그만 주머니로 가운데는 입이 열려 있고 양쪽에 돈을 넣게 되어 있다.

지 하고 있지 않은가? 허리띠가 활시위처럼 축 늘어져 있었다. 웨이쫭 사람들의 관례로는 좀 그럴듯한 인물을 만나게 되면 으레 존경심을 표하곤 했다. 상대방이 아Q가 틀림없지만 옛날 누더기를 걸쳤던 그와는 판이하게 달라져 있지 않은가. 옛사람의 말에 '선비는 사흘만 못 봐도 괄목상대해야 한다'라고 했다. 그러니 점원이나 주인, 술꾼, 나그네 할 것 없이 모두가 의아해하면서도 존경하는 눈빛이 역력했다.

주인은 먼저 고개를 끄덕이면서 말까지 붙여왔다.

"오, 아Q, 자네 돌아왔군!"

"돌아왔소!"

"갑부가 된 모양인데 자네 어디서……."

"성내에 갔었더랬소!"

이 소식은 이튿날 웨이쫭에 쫙 퍼졌다. 다들 아Q가 어디서 그렇게 많은 돈이 생겼는지, 또 그의 중흥사(中興史)에 관한 신비를 알고 싶어했다. 그래서 주점이나 차관(茶館)이나 묘(廟) 등 할 것 없이 사람이 모여 있는 곳에서는 그의 이야기로 가득했다. 그 결과 아Q는 다시금 경외의 대상이 되었다.

아Q의 말로는 거인*나리 댁에서 일을 도와주고 있었다고 한다. 이 말에 다들 숙연해졌다. 그도 그럴 것이 이 분은 성이 빠이(白)로서 허청(合城)에서는 유일한 거인이었기 때문에 이름을 댈 필요도 없이 '거인' 하면 다들 그를 떠올리곤 했기 때문이다. 이는 비단 웨이쫭 지방

---

*   擧人, 명청 때 향시(鄕試)에 합격한 사람(옮긴이 주)

에서만 그랬던 것이 아니라 허청의 100리 근방에서는 모두 그렇게 통했다. 이렇게 되고 보니 다들 그의 이름이 '거인'인 줄로 알고 있을 정도였다.

그의 집에서 일을 도와주고 있었다는 것 자체만으로도 경외의 대상이 되기에 충분했다. 하지만 아Q의 말로는 더는 일을 하고픈 생각이 없었다고 한다. '거인'이 너무 '개새끼' 같은 자였기 때문이라고 했다. 이 말에 사람들은 탄식과 함께 쾌재를 불렀다. 아Q 같은 자는 그 집에 있을 자격도 없지만 막상 일을 그만두게 되었다니 그래도 아쉬운 생각이 들었기 때문이었다.

다시 아Q의 말을 들어보자. 그가 이번에 돌아오게 된 이유 중에는 성내 사람들에 대한 불만도 있는 것 같았다. 이 점은 그들이 창뚱(長凳)을 탸오뚱(條凳)이라고 부르며 튀긴 생선에다 잘게 썬 파를 사용하는 것 외에 최근에 관찰한 바로는 여자의 걸음걸이도 그다지 보기가 좋지 않았다고 했다.

하지만 가끔 부러운 면도 있었다고 했다. 즉 웨이쫭 사람들은 고작해야 서른두 장의 죽패나 치고 가짜 양귀신만이 '마장*'을 칠 수 있는데 비해 그곳 사람들은 조무래기들까지도 정통해 있다는 것이다. 가짜 양귀신이 뭐 그리 대단하단 말인가? 그 정도라면 성내의 조무래

---

* 서른두 장짜리 죽패(竹牌)란 일종의 도박 기구다. 상아나 짐승 뼈로 만든 것을 골패(骨牌)라고 하며 그냥 대나무로 만든 것을 죽패(竹牌)라고 한다. '마장(麻 醬)'이란 마작패(麻雀牌)로 역시 도박 기구의 일종으로 마작(麻雀)을 속칭 마장(麻將)이라고 한다. 여기서 아Q는 마장(麻將)을 마장(麻醬)으로 잘못 표기하고 있다.

기들의 눈에조차 '어린 귀신이 염라대왕을 알현하는' 것으로밖에는 비쳐지지 않는다고도 했다. 이 말에 사람들은 깜짝 놀랐다.

"너희들 목 치는 것 봤어?"

아Q가 말했다.

"흥, 그 참 볼 만하지. 혁명당을 처형하는 것 말이야. 그 참! 보기 좋더라고, 보기 좋아!"

그는 머리를 설레설레 저었다. 침이 바로 맞은편에 서 있던 짜오쓰츤의 얼굴까지 튀었다. 이 말에 사람들은 다시 한번 몸을 움츠렸다. 하지만 아Q는 사방을 휙 둘러보고 나서 느닷없이 오른손을 들더니 목을 쭉 빼고 정신없이 듣고 있던 왕후의 목덜미를 향해 후려치면서 말했다.

"싹둑!"

그러자 왕후는 소스라치게 놀라서 자라처럼 목을 움츠렸다. 사람들은 무섭기도 했고 신도 났다. 이때부터 왕후는 며칠간이나 머리가 쑤셨으며 감히 아Q 옆에는 오려고도 하지 않았다. 이 점은 다른 사람들도 마찬가지였다.

이 당시 웨이쫭 사람들의 눈에 비친 아Q의 지위는 짜오타이예를 능가할 정도는 아니었지만 거의 대등했다고 해도 과언은 아니었다.

얼마 지나지 않아 그의 이름은 웨이쫭의 규방까지 들리게 되었다. 대가라고 해야 웨이쫭에서는 치엔가와 짜오가 두 집뿐이었고 나머지는 대부분 보잘 것 없는 얕은 규방이었지만 어쨌든 규방은 규방이 아닌가! 따라서 이 또한 기이한 사건이 아닐 수 없었다.

여자들은 만나기만 하면 아Q의 이야기로 수군거렸다. 즉 쪼우 아줌마가 아Q에게서 남색 비단 치마를 샀는데 낡은 것이기는 해도 9각(角) 밖에 들지 않았다느니 짜오빠이옌의 모친, 틀림없이 짜오쓰 츤의 모친일 테지만 그 모친께서도 어린애 옷가지를 샀는데 신품을 7할 정도의 헐값으로 샀다는 것 등이었다.

이때부터 여자들은 아Q를 만나려고 혈안이 되었으며 비단 치마가 없는 자나 양장 저고리가 없는 사람들은 누구나 그에게 사곤 했다. 이렇게 되고 보니 이제는 아Q를 보고 도망치기는커녕 그가 가고 난 뒤면 뒤쫓아가 묻기까지 할 판이었다.

"아Q, 비단 치마 아직도 있지? 없다고? 그럼 비단 저고리는?"

이렇게 되고 보니 그에 관한 이야기는 얕은 규방에서 깊숙한 규방까지 퍼지게 되었다. 그렇게 된 데에는 까닭이 있었다. 한번은 쪼우 아줌마가 신이 난 나머지 자기가 산 남색 비단 치마를 짜오타이예의 마님에게 구경시켰고 마님은 다시 영감에게 보이면서 조르기까지 했다.

그날 짜오타이예는 저녁을 먹으면서 수재와 함께 아Q에 대한 이야기를 했다. 아무래도 아Q가 수상하니 문단속을 잘 해야만 할 것 같다고 했다. 그러나 그러면서도 뭐 좀 살 만한 물건이라도 없는지 궁금해했다. 그렇지 않아도 마침 마님이 싸고도 번드레한 조끼를 사고 싶었던 참이라 집안의 결정으로 즉시 쪼우 아줌마를 시켜 아Q를 찾아오게 했다. 이 바람에 세 번째의 예외 규정을 두어 이날 밤만은 잠시 불을 밝히기로 했다.

그러나 등불의 기름이 적지 않게 줄어들었지만 도무지 아Q는 나타나지 않았다. 짜오가의 권속들은 조바심이 나 미칠 지경이었다. 하품을 하는 사람, 동에 번쩍 서에 번쩍 하는 아Q를 원망하는 사람, 쪼우 아줌마의 바지런하지 못한 행동을 탓하는 자도 있었다.

한편 마님도 은근히 걱정이 되기는 했다. 지난봄에 맺은 조약 때문에 아Q가 감히 못 올지도 모른다는 염려에서였다. 그러나 짜오타이예는 태연했다. 왜냐하면 이번에는 '자신'이 직접 부른 것이기 때문이었다. 과연 짜오타이예의 예상은 적중했다. 마침내 아Q가 쪼우 아줌마와 함께 들어왔다.

"제가 가자고 하는데도 아Q는 물건이 없다고만 연발하더라고요. 그래서 직접 와서 이야기하라고 했지요. 그랬더니 뭐라고 중얼거리더라고요……."

쪼우 아줌마는 달려오면서 숨이 끊어질 듯한 못소리로 말했다.

"나리!"

아Q는 반 조롱조로 내뱉고는 처마 밑에 우뚝 섰다.

"아Q, 듣자 하니 밖에서 돈깨나 벌었다면서?"

짜오타이예는 성큼 내딛고는 아 Q를 훑어보면서 말했다.

"그 참 잘됐다. 참 잘됐어. 음…… 네가 중고품을 좀 갖고 있다면서? 좀 볼 수 없겠나? ……다름이 아니라 사실은 내가 좀 필요할 것 같아서 말이야……."

"쪼우 아줌마에게 이미 말한걸요. 다 처분하고 없다고."

"벌써 다 처분했어?"

짜오타이예는 마치 실성한 사람처럼 소리질렀다. 자신도 모르는 사이에 튀어나온 말이었다.

"설마 그렇게 빨리 처분했을 리야 있을려구?"

"그건 친구 것이었어요. 원래 물건이 그리 많지도 않았고요. 그리고 사람들이 좀 사갔기 때문에……."

"그래도 조금은 남아 있겠지?"

"지금은 문발만 한 장 남아 있을 뿐이에요."

"그럼 그거라도 가져와보게."

마님이 황급히 말했다.

"그렇다면 내일 갖고 오너라."

짜오타이예는 도리어 시큰둥했다.

"아Q, 앞으로라도 무슨 물건이 있으면 즉시 우리에게 먼저 보여야 한다?"

"물건 값도 절대로 남보다 덜 쳐주지는 않을 테니까!"

수재도 한마디 거들었다. 그러자 수재의 부인이 아Q의 눈치를 살폈다. 그의 표정을 보기 위해서였다.

"나는 가죽 조끼가 한 벌 필요해."

마님도 한마디했다.

아Q는 비록 대답은 했지만 마지못한 표정으로 문을 나왔다. 그들의 말을 제대로 귀담아 들었는지도 모를 판이었다. 그의 이 같은 태도에 짜오타이예는 무척이나 화가 났다.

아니 화가 나다 못해 걱정까지 되어 하품마저 뚝 끊어져버렸다. 수재도 마찬가지였다. 아Q의 태도에 불만이 이만저만이 아니었다.

"호로자식 같은 놈, 조심해야 합니다. 어쩌면 띠빠오에게 시켜 아예 그놈을 이곳 웨이쫭에 못 살게 만들어야 할 것 같군요."

그러나 짜오타이예의 생각은 달랐다. 그렇게 되면 괜히 원한만 품을 테니 말이다. 게다가 '독수리는 자기 집의 먹이는 먹지 않는다'라는 말이 있지 않은가? 아Q 같은 짓을 하는 놈들도 마찬가지다. 설마 자기 마을까지야 어떻게 할려구. 다만 밤에만 좀 조심하면 된다는 이야기였다.

부친의 교훈 섞인 말에 수재도 완전히 수긍을 하게 되어 아Q를 쫓아내버리겠다는 제의는 취소하게 되었다. 그리고 쪼우 아줌마에게도 이 말을 절대로 입밖에 내지 말라고 단단히 타일렀다.

그러나 이튿날이 되자 상황은 달라졌다. 쪼우 아줌마가 남색 치마를 빨다가 수상한 점을 발견하고는 떠벌리고 다녔기 때문이다. 물론 수재가 당부했던 말은 입 밖에도 내지 않았지만 어쨌든 이번 일은 아Q에게 불리했다.

첫째, 띠빠오가 찾아와 문발을 갖고 가버렸다. 짜오가의 마님께 드려야 할 것이라고 말했지만 되돌려주기는커녕 매월 효경전(孝敬錢)까지 받아가겠다고 했고, 둘째, 그에 대한 웨이쫭 사람들의 경외심 또한 갑자기 변했다는 것이다. 물론 아직도 함부로 대하는 자는 없었지만 멀리하는 마음만은 역력했다. 지난번 그가 왕후의 목을 내리칠 때에 보였던 경계심과는 또 다른, 어찌 보면 '경이원지(敬而遠之)' 하는 모습이 다분했다.

그런데 일단의 건달들만은 그의 비밀을 철저히 파헤치기에 혈안이 되어 있었다. 아Q도 여기에 대해 숨김 없이 자신의 모든 것을 다 털어놓았다. 어찌 보면 좀 거만스러울 만큼 말이다. 그제서야 사람들은 아Q가 조그만 역할밖에는 하지 않았다는 것을 알게 되었다. 즉 그는 성의 담을 넘지도 못했을 뿐만 아니라 들어가지도 못하고 그저

밖에서 물건이나 건네받은 데 불과했다.

어느 날 밤이었다. 막 꾸러미 하나를 건네주자마자 왕초가 다시 집 안으로 들어갔다. 얼마 지나지 않아 고함 소리가 들리지 않는가? 아Q는 걸음아 날 살려라 하고 성을 빠져나와 웨이쫭으로 도망쳐왔다. 이때부터 그는 더는 그 짓을 할 수 없었다.

그러나 그가 한 이 이야기는 자신에게 더욱 불리할 뿐이었다. 평소 아Q에 대해 '경이원지' 했던 자들은 행여나 잘못 보이지나 않을까 해서 그렇게 했던 것인데 이제 더는 훔칠 수도 없는 좀도둑일 줄이야 꿈엔들 생각했었겠는가? 그러고 보니 '이놈 역시 두려운 존재는 아니었던 것'이다.

제7장 혁명

쉔퉁(宣統) 3년 9월 14일*, 그러니까 아Q가 따롄(搭連)을 짜오빠이옌에게 팔아 넘기던 날이었다. 그날 한밤중에 거대한 오봉선** 한 척이 짜오가의 부두에 닿았다. 암흑 속을 저어온 데다 다들 곤히 자고 있을 시간이었기 때문에 아무도 낌새를 눈치챈 자는 없었다. 동이 틀

---

*   즉 1911년 11월 4일. 신해혁명(辛亥革命)의 무창(武昌) 봉기가 난 지 25일 후. 중국혁명기(中國革命記) 제3책(1911년, 상하이 자유사 출판)을 살펴보면 9월 14일 항쪼우(杭洲) 부(府)가 민군(民軍)에게 점령되자 사오싱부에서는 그날로 광복을 선포했다.

** 烏船. 햇빛이나 바람, 비를 막으려고 대나무로 천장을 엮어 만든 검은 배(옮긴이 주)

무렵에야 배가 떠났는데 그때도 몇 사람만 볼 수 있었다. 여기저기 알아본 결과 그것은 거인 나리의 배로 판명되었다.

그 배는 엄청난 불안을 웨이좡에 싣고 온 셈이었다. 정오도 되기 전에 인심이 흉흉해지기 시작했다. 원래 짜오가에서는 일체 비밀에 붙이고 있었지만 찻집이나 술집에서 수근대는 말로는 배가 이곳에 온 목적은 다름이 아니라 혁명당이 성내에 진격해오면서 거인 나리가 피난을 왔다고 했다. 그런데 유독 쪼우 아줌마의 이야기는 달랐다. 즉 해진 옷 보따리 몇 개뿐으로 아마도 '거인'께서 보낸 것인데 이미 짜오타이예에게 퇴짜를 맞고 되돌아갔다 온 것이라고 주장했다.

사실 거인과 짜오 수재와는 평소 왕래도 없던 사이라 '어려움을 함께'한다는 것은 어불성설이었다. 그러나 쪼우 아줌마가 짜오가의 이웃에 살고 있는 만큼 아무래도 그녀의 이야기가 신빙성이 더 있었기 때문에 다들 그런 줄로만 알고 있었다.

그러나 소문은 자꾸만 퍼져나갔다. 거인 나리가 친히 온 것은 아닐지라도 장문의 편지를 보내 짜오가와 '사돈'을 맺기로 했으며 짜오타이예도 나쁘지는 않을 것 같아 상자를 받아두었고 현재 그 상자는 마님의 침대 밑에 있다는 이야기였다. 혁명당에 대해 어떤 자는 오늘 밤에 성내에 진격할 것이라고 했으며 흰 투구와 흰 갑옷을 입고 총쩡(崇正) 황제를 기린다는 뜻에서 소복을 하고 있다고 했다.*

---

* 崇正은 곧 '崇禎'. 명나라 사종(思宗, 朱由檢)의 연호. 명이 망하자 반 청복명(反清復明)을 외치는 농민 의거가 많았다. 청나라 말기 혁명군이 거사할 때에도 일부 군중 중에는 총쩡 황제의 원수를 갚는다고 생각했던 자들이 많았다.

혁명당이란 말은 아Q도 진작부터 듣고 있었으며 올해에는 혁명당원이 처형되는 것도 직접 목격했던 터였다. 그러나 어디서 나온 이야기인지는 모르지만 혁명당은 반란군이며 반란은 곧 자신을 괴롭힐 것이라는 생각을 하고 있었기 때문에 혁명당에 대해서는 '이를 갈고' 있었다.

하지만 그런 혁명당이 백 리 밖에까지 이름을 떨치고 있던 거인 나리마저 이렇게 안절부절못하게 할 줄이야! 아Q는 오히려 일종의 '동경심'마저 생겼다. 게다가 웨이좡 사람들이 허둥대는 꼴이라니. 신바람이 절로 났다.

"혁명도 나쁘지는 않지."

아Q는 그렇게 중얼거렸다.

"이 조무래기들을 모조리 엎어버려야 한다고. 가증스러운 놈들. 원한이 사무친다! 나? 그야 물론 혁명당에 투항해야지."

그렇잖아도 아Q는 요즘 궁했던 참이라 불만이 많았다. 게다가 낮에 빈속에 술을 두어 사발이나 마셨기 때문에 벌써 취기가 감돌았다. 비틀거리면서 무엇인가 곰곰이 생각하다 보니 몸이 또다시 홀가분해지는 것 같았다. 이제 자신이 혁명당이고 웨이좡 사람들은 자신의 포로가 된 것 같았다. 그는 득의만만한 나머지 큰 소리로 외쳐댔다.

"반역이다! 반역!"

다들 두려운 눈으로 아Q를 쳐다보았다. 아Q는 이처럼 '가련한' 눈길을 본 적이 없었다. 그들을 죽 훑어보았다. 마치 삼복 더위에 얼음물을 마신 양 속이 다 후련해졌다. 그는 더욱 신이 나 걸으면서 마구 외쳐댔다.

"좋다, 나는 무엇이든지 가질 수 있고 내가 좋아하는 사람은 누구든 내 것으로 만들 수 있다. 땅땅 챵챵! 후회한들 소용없지. 술에 취해 쩡시엔띠(鄭賢弟)를 죽이고 말았으나 후회한들 소용없지. 땅땅 챵챵. 땅 챵링챵! 쇠사슬로 네놈을 후려치리라!"*

마침 짜오가의 두 사람과 진짜 친척 두 사람은 대문간에서 혁명에 대해 논하고 있었다. 그러나 아Q는 그들을 미처 보지 못한 채 고래고래 소리치고 돌아다녔다.

"땅땅……."

"여보게 라오 Q!"

짜오타이예가 겁먹은 표정으로 나지막이 속삭였다.

"챵챵……!"

아Q는 상대방이 뜻하지도 않게 '라오'** 자를 붙이자 전혀 다른 말인 줄 알았다. 그래서 자기와는 상관없는 줄 알고 그저 노래만 불러대고 있었다.

"땅 챵. 챵링챵, 챵!"

"라오 Q!"

"후회해도 소용없으니……."

"아Q!"

수재는 그의 본명을 불렀다. 그제서야 아Q도 걸음을 멈추고 고개를 갸우뚱하면서 물었다.

---

* 이 책 50쪽의 동일한 문장 "쇠사슬로 네놈을 후려치리라"에 달린 주석을 참고

** 老, 상대방을 공손히 부르는 말(옮긴이 주)

"뭐요?"

"라오 Q, ……요즘…….."

짜오타이예는 할말이 없었다.

"요즘…… 돈 좀 벌지?"

"돈을 벌어요? 물론이죠. 원하는 것은 모두가……."

"아…… Q형, 우리처럼 가난한 친구들이야 눈에 차지도 않겠 지만……."

짜오빠이옌이 더듬거리면서 말했다. 마치 혁명당의 소식이라도 좀 엿들으려는 기색이었다.

"가난한 친구라고? 어쨌든 나보다는 돈이 많잖아!"

아Q는 한마디 내뱉고는 가버렸다. 그러자 다들 맥이 풀려 아무 말도 없었다. 짜오타이예 부자는 돌아가 불까지 켜놓고 상의했으며 짜오빠이옌도 허리춤에서 따롄을 풀어 부인에게 주면서 잘 감춰두 라고 했다.

아Q는 한바탕 쏘다니고 나서 토곡사로 돌아왔다. 술도 이미 깨어 있었다. 이날따라 토곡사의 관리 영감도 유난히 친절하게 대해주었 으며 차까지 대접해주었다. 아Q는 빵을 두 개나 얻어먹었고 초와 촛 대까지 빌려 불을 밝힌 뒤 자리에 누웠다. 말할 수 없는 감흥이 솟아 났다. 촛불은 너울너울 춤을 추었고 이에 따라 아Q의 꿈도 춤을 추 기 시작했다.

반역? 거 참, 재미있는데…… 흰 투구와 흰 갑옷을 입은 혁명당이 몰려온다. 손에는 칼과 쇠사슬, 폭탄, 총을 든 채 토곡사로 들어와 나 를 부르겠지. "아Q, 함께 가세!" 하면 그들과 함께 떠난다.

웨이쫭 사람들 꼴 좀 보라지. 다들 꿇어 엎드려 "아Q! 목숨만 살려주게 아!" 하고 애걸복걸할 테지. 흥, 내가 들어줄 줄 알구! 맨 먼저 해치워야 할 놈은 샤오D와 짜오타이예 그리고 수재, 또 가짜 양귀신 그놈들이다. ……몇 놈이나 살려줄까? 왕후 그놈은 어떻게 한담? 살려줘도 되겠지만 그럴 순 없지.

물건들은? 다짜고짜 쳐들어가 상자를 연다. 보물, 은전 그리고 비단옷 등등. 우선 수재 마누라의 문간 침대부터 토곡사로 옮겨와야지. 그리고 치엔가의 탁자와 의자도…… 아니면 짜오가의 소유로 할까? 나야 물론 손끝 하나 움직일 필요도 없지. 모든 것을 샤오D 녀석에게 시키면 될 테니까. 빨리 옮기지 않으면 따귀를 후려칠 테다.

짜오쓰천의 누이동생은 지독히도 못생겼단 말이야. 쪼우 아줌마의 딸은 몇 년 더 기다려봐야 할 것 같고. 가짜 양귀신의 마누라는 변발도 없는 놈하고 자니 에잇! 좋은 년은 못 되지! 그리고 수재의 마누라는 눈두덩이에 흉터가 있고. 우마도 본 지 오래 되었군. 지금 어디 있는지…… 하지만 발이 너무 커서…….

아Q는 미처 다 생각도 하기 전에 코를 골고 말았다. 초도 반 치밖에 타지 않았다. 촛불이 헤벌어진 그의 입을 비추고 있었다.

"하하하!"

갑자기 아Q가 소리를 질렀다. 황급히 주위를 두리번거리다가 촛불을 보고는 또다시 쓰러져 누웠다.

이튿날 그는 매우 늦게서야 일어났다. 거리에 나가보니 모든 것이 그대로였고 자신은 여전히 배가 고파왔다. 뭔가 떠올려보려 했지만 아무것도 생각이 나지 않았다. 그러다 갑자기 무엇인가 떠오른 듯 천천히 걷기 시작했다. 자기도 모르게 어느덧 징쇼우안으로 갔다.

그곳은 봄날의 그때처럼 조용하기만 했다. 흰 담벽과 칠흑같이 검은 대문. 아Q는 잠시 무엇인가 생각하더니 대문을 두드렸다. 안에서는 개 한 마리가 짖고 있을 뿐이었다. 얼른 깨진 벽돌을 주워서 힘껏 두드렸다. 대문에 자국이 몇 개나 나서야 문을 여는 소리가 들려왔다.

아Q는 얼른 벽돌을 움켜쥔 채 성큼 다가가 검둥개와 한바탕 벌일 태세를 갖추었다. 그러나 대문은 실오라기만큼만 열렸고 안에서는 개도 뛰쳐나오지 않았다. 자세히 들여다보니 늙은 비구니의 모습만 보였다.

"또 뭐하러 왔지?"

깜짝 놀란 듯이 그녀가 물었다.

"혁명이오, 알고 있었소?"

아Q는 얼버무리듯 말했다.

"혁명, 혁명…… 그래서 우리들을 어떻게 하겠단 말이야?"

늙은 비구니는 눈에 핏발을 세우면서 말했다.

"뭣이라고?"

아Q는 의아하지 않을 수 없었다.

"아직도 모르고 있나? 그들은 벌써 한바탕 혁명을 겪었단 말이야!"

"누가 말이야?"

아Q는 더욱 의아했다.

"그야 물론 수재와 가짜 양귀신이지 뭐!"

아Q는 너무도 뜻밖이라 자기도 모르는 사이에 소리를 질렀다. 그러자 늙은 비구니는 기가 한풀 꺾인 그의 모습을 보고는 얼른 대문을 잠가버렸다. 아Q는 다시 한번 밀어보았다. 그러나 대문은 꿈쩍도 하지 않았다. 두드려도 보았지만 아무런 반응이 없었다.

오전의 일이었다. 짜오 수재는 역시 소식이 정통했다. 혁명당이 오늘 밤 안에 성내로 쳐들어올 것이라는 소식을 듣고는 즉시 변발을 이마 위에 틀어 얹었다. 그리고는 일찌감치 평소 상종도 하지 않던 치엔이라는 가짜 양귀신을 만나러 갔다. 바로 '함여유신(咸與維新)'* 때의 일이었던 만큼 두 사람은 곧 의기투합되었고 결국 동지가 되어 함께 혁명을 하기로 약속했다.

그들은 무엇인가 곰곰 생각한 끝에 징쇼우안에 '황제만세만만세(皇帝萬歲萬萬歲)'라고 적힌 용 모양의 패(牌)가 있는 것을 알고는 그것부터 없애야겠다고 생각했다. 그들은 즉시 징쇼우안으로 가서 혁명을 하기로 했다.

그러나 늙은 비구니가 저지를 하자 몇 마디 말을 나눈 뒤 그녀를 만청(滿淸)분자로 몰아 실컷 두들겨팼다. 그들이 돌아가자 그녀는 정신을 차렸다. 주위를 둘러보니 패(牌)는 이미 박살이 나 땅에 뒹굴고 있었고 관음보살 앞에 놓여 있던 선덕로**마저 보이지 않았다.

나중에야 이 사실을 알게된 아Q는 아무것도 모르고 잠에만 빠져

---

* 《서경(書經)》의 윤정(胤矼)편에 있는 말로 '일체를 혁신한다'는 뜻이다. 그러나 여기서는 신해혁명 당시 혁명파와 반도 세력이 타협하면서 반동분자들이 기회주의자로 변신했던 현상을 말한다.

** 명 선종(宣宗) 선덕(宣德)년간(1426~1435)에 주조된 소형 향로. 바닥에 '대명선덕년제(大明宣德年製)'라고 쓰여 있다.

있었던 것이 후회스러웠고 자신을 데리러 오지 않은 그들을 탓하기도 했다. 그는 한 발짝 물러나 생각해보았다.

"내가 벌써 혁명당에 투항했다는 사실을 설마 그들이 모를 리는 없겠지?"

제8장 혁명불허(革命不許)

웨이쫭의 인심은 날로 안정을 되찾고 있었다. 소문으로는 혁명당이 성내에 진군했지만 별다른 변화는 없었다. 즉 지현* 나리도 관직의 이름만 바뀐 채 그 자리에 있었고 거인 나리도 그 명칭은 웨이쫭 사람들도 모르는 무슨 관직을 갖고 있었으며 이번에 혁명당을 인솔해왔던 자도 옛날의 그 파총(把總)**이었다고 한다.

다만 무서웠던 것은 그중의 몇몇 못된 혁명당원이 마을에서 난동을 피운 것이었다. 그들은 이튿날 닥치는 대로 변발을 잘라버리곤 했는데 소문에는 옆 마을의 치진(七斤)이라는 나룻배 사공이 변발을 잘려 사람 꼴이 아니라고 했다.

하지만 웨이쫭 사람들로서는 이것도 그리 큰 공포는 아니었다. 그들은 원래부터 성내 출입이 잦지 않았을 뿐만 아니라 설사 갈 일이

---

* 知縣, 당시의 현장(縣長)(옮긴이 주)
** 옛날 무관의 명칭으로 청나라 때에는 천총(千總) 다음의 직책으로서 최하위급의 무관이었다.

있었던 사람도 금세 계획을 바꿨기 때문에 그런 봉변을 당한 자는 없었다. 아Q도 성내에 가서 옛 친구나 찾아볼까 했지만 그 소식을 듣고는 그만두고 말았다.

하지만 웨이쫭에도 개혁이 없었다고는 할 수 없다. 며칠이 지나 자 변발을 이마에 얹은 사람들이 늘어났다. 앞에서도 이야기한 바 있지만 제일 먼저 그렇게 한 사람은 물론 무재공(茂才公)이었고 그다음은 짜오쓰츤과 짜오빠이옌이었으며 그 뒤가 아Q였다. 여름이라면야 그처럼 변발을 이마 위에 얹는다거나 아니면 묶는 것쯤은 그리 이상한 노릇이 아니었겠지만 지금은 늦가을이 아닌가? 이처럼 철 지난 행동을 한다는 것은 적어도 변발가들에게는 보통 용단이 아니었다. 그러니 웨이쫭도 개혁과 무관했다고는 할 수 없었다.

짜오쓰츤이 뒷머리가 없이 오자 사람들은 외쳐댔다.

"어이쿠 혁명당이 온다!"

그러나 아Q는 부럽기까지 했다. 수재가 머리를 얹었다는 엄청난 소식은 진작부터 들어온 터였지만 자신도 그렇게 해보겠다는 생각은 미처 못했기 때문이다. 그런데 지금 짜오쓰츤도 그렇게 하지 않았는가? 그제서야 아Q도 그렇게 하리라고 마음먹었다. 그리고 마침내 아Q도 대나무 젓가락을 사용하여 변발을 얹었다. 그러나 한참을 망설이고 나서야 걷기 시작했다.

아Q는 거리를 싸다녔다. 사람들은 그를 쳐다보았지만 아무 말도 하지 않았다. 처음에는 불쾌하기 그지없다가 나중에는 불만으로 변했다. 그는 요즘에 와서 화도 곧잘 냈다. 사실 그의 생활은 모반 전보다 못하지는 않았다. 우선 사람들이 공손해졌고 술집에서도 현금을 요구하지는 않았다. 그럼에도 불구하고 어딘지 모르게 아Q는 자신이 너무 실의에 빠져 있는 것만 같았다. 혁명이 일어났을 바에야 이래서는 안 된다는 것이 그의 생각이었다. 게다가 한번은 샤오D를 보고나서 울화가 치밀어 미칠 지경이었다.

샤오D도 변발을 이마에 얹었을 뿐만 아니라 자기와 똑같이 대나무 젓가락까지 사용하고 있었다. 샤오D가 자기처럼 할 줄은 상상도 못 했을 뿐만 아니라 결코 그것을 좌시할 수도 없었다. 샤오D, 그 녀석이 뭐길래? 생각 같아서는 당장 놈을 붙잡아 젓가락부터 부러뜨리고 변발도 풀어헤치고 싶었다. 어디 그뿐인가? 주제도 모르고 혁명당을 모방한 죄를 물어 따귀라도 몇 차례 후려치고 싶었다. 그러나 결국 그를 용서해주고 말았다. 그저 눈을 부릅뜨고 노려보면서 침이나 '뭬!' 하고 뱉었을 뿐이었다.

요 며칠 동안 성내에 들어간 자는 가짜 양귀신뿐이었다. 짜오 수재도 상자를 받아두었던 인연을 구실로 거인 나리나 좀 뵐까 했지만 변발이 잘릴까 봐 두려워 포기하고 말았다. 대신 '황산격(黃傘格)'*의 편지 한 통을 써서 가짜 양귀신에게 부탁했는데 자신이 자유당(自由黨)에 입당할 수 있도록 잘 소개해달라는 내용이었다.

이윽고 가짜 양귀신이 돌아와 사례조로 수재에게 은전 네 닢을 달라고 했다. 그리고 그때부터 수재는 가슴에 은색 복숭아를 달게 되었

---

* 편지 형식의 일종. 8행의 편지지에 칭찬과 송양(頌揚) 및 경의(敬意)로만 일관하여 썼다. 쓰는 형식이 마치 황산(黃傘)의 손잡이 같다고 해서 붙여진 이름. 황산이란 옛날 관리들이 사용하던 지팡이다.

다. 웨이쫭 사람들은 깜짝 놀랐다. 그것은 시유당*의 휘장으로서 한림(翰林)과 맞먹는 것이기 때문이었다. 이때부터 짜오타이예도 갑자기 거드름을 피우기 시작했는데 어찌나 심했는지 옛날 아들이 처음으로 수재에 급제했을 때보다 훨씬 더했다. 눈에 보이는 것이 없을 정도였는데 아Q를 보고도 거들떠보지도 않는 것 같았다.

불만과 소외감을 느끼고 있던 아Q는 은복숭아 이야기를 듣자마자 그 까닭을 알 수 있었다. 그렇다. 혁명을 해야 한다. 그저 투항하는 것만으로는 안 되고 변발 없는 것으로도 불가능하다. 그러자면 첫째는 혁명당과 사귀어야 한다.

그가 알고 있던 혁명당은 둘뿐이었는데 성내에 있던 하나는 이미 '싹둑' 하고 목이 잘려나갔으니 이젠 가짜 양귀신 하나뿐인 셈이다. 그러니 얼른 양귀신과 상의하는 것 외에는 별다른 방법이 없었다.

마침 치엔가의 대문은 열려 있었다. 아Q는 조심스레 들어갔다. 안으로 들어간 그는 깜짝 놀랐다. 가짜 양귀신이 뜰 가운데에 우뚝 서 있지 않은가? 온통 검은 것으로 보아 양의(洋衣)를 입은 것 같았고 목에는 예의 그 은복숭아를 달고 있었다. 뿐만 아니라 손에는 아Q도 익히 맛을 본 바 있는 몽둥이를 들고 있었으며 한 자 넘게 자란 변발은 모두 풀어헤친 채 등 뒤로 넘겨져 있었다. 봉두난발한 모습이 마치 신선 료우하이셴(劉海仙)** 같았다. 그의 맞은편에는 짜오빠이옌과

---

* 柿油黨, 곧 자유당(自由黨)을 말한다. 서로 음이 비슷한데 무식한 시골 사람들이 잘 몰라 그들이 쓰는 '시유당'이란 말로 일부러 바꾸었다.

** 료우하이챤(劉海蟾)을 말함. 5대(代) 때의 사람으로 쫑난(終南) 산에서 수도하

건달 세 사람이 공손한 자세로 이야기를 듣고 있었다.

아Q는 가볍게 걸어 들어갔다. 짜오빠이옌의 등 뒤에 서서 양귀신을 부르려고 했지만 뭐라고 해야 할지를 몰랐다. 물론 가짜 양귀신이라고 하면 안 될 것이고, 그렇다고 해서 양인(洋人)이라는 것도 타당치 못하며 혁명당이라고 부르는 것도 마찬가지일 것 같았다. 그럴 바에야 양선생(洋先生)이라고 불러야 할 것 같았다.

양선생은 한창 열을 올리고 있었기 때문에 아Q를 보지 못했다.

"나는 성미가 무척 급했지. 그래서 그를 만나자마자 내가 먼저 제의했어. '홍(洪) 형*, 착수합시다!' 그러나 그의 대답은 No였어. 영어라 너희들은 모르겠지만. 그렇지만 않았더라도 벌써 성공했을 텐데 말이야. 이게 바로 그가 소심했던 일면이지. 그는 나에게 몇 번이나 후베이(湖北)로 갈 것을 권유했지만 나는 들어주지 않았어. 어떤 놈이 이 조그만 고을에서 일하기를 바라겠나?"

"음…… 저……."

그의 말이 그치기를 기다렸다가 아Q는 용기를 내어 입을 열었지만 무엇 때문이었는지 양선생이라고 부르지는 않았다.

네 사람은 깜짝 놀라 아Q를 돌아보았고 그제서야 양선생도 그를 볼 수 있었다.

"뭐야?"

여 신선이 되었다고 한다. 민간에 전해지고 있는 그의 화상을 보면 긴 머리를 풀어헤치고 있으며 앞머리는 이마까지 덮고 있다.
*   리위엔홍(黎元洪)을 지칭한다.

"저……."

"나가!"

"투……항……을 하려고……."

"꺼져버리라니까!"

양선생은 곡상봉을 집어들었다. 그러자 짜오빠이옌과 건달들도 외쳤다.

"이놈아, 선생님께서 꺼지라고 하시지 않아? 못 들었어?"

아Q는 손으로 머리를 감싼 채 자신도 모르는 사이에 문밖까지 도망쳐나오고 말았다. 양선생은 뒤쫓아오지 않았다. 그는 5, 60보쯤 달리고 나서야 천천히 걷기 시작했다.

아Q는 가슴 가득 슬픔이 솟구쳤다. 양선생이 혁명을 허락하지 않은 이상 이제 길이 막히고 만 셈이었다. 이제부터는 흰 투구의 혁명당을 부르지 못하게 되었을 뿐만 아니라 자신의 포부와 꿈, 희망, 앞길마저 깡그리 수포로 돌아가게 되었다. 이제 건달들이 날뛰게 되었다거나 샤오D나 왕후 같은 놈들에게 웃음거리가 되었다는 것은 오히려 그다음 일이 되고 말았다.

아Q로서는 일찍이 이처럼 답답했던 적이 없었다. 변발을 얹은 것도 무의미하게만 여겨졌고 오히려 모욕감마저 느껴졌다. 복수를 하기 위해 즉시 변발을 내릴까도 생각했지만 끝내 그렇게 하지는 않았다. 밤까지 헤매다가 외상술을 두어 사발 마셨다. 술이 뱃속에 들어가자 다시 신이 나기 시작했고 그제서야 마음속에서는 또다시 흰 투구의 조각들이 어른거리기 시작했다.

어느 날이었다. 밤늦도록 술을 마시다가 술집 문을 닫을 때쯤 토곡사로 돌아왔다.

"후다닥!"

갑자기 이상한 소리가 들려왔다. 폭죽 소리도 아니었다. 원래 그는 왁자지껄한 곳이라든지 또 자기와는 아무 상관도 없는 일에 참견하기를 좋아했던 터라 캄캄한 가운데서도 소리 나는 쪽으로 가보았다. 앞에서 사람의 발소리가 들려오더니 갑자기 냅다 도망치는 것이 아닌가. 아Q는 얼른 몸을 움츠리고 함께 도망치기 시작했다. 그가 방향을 틀면 아Q도 틀었고 그가 서면 자신도 그 자리에 섰다. 뒤를 돌아보았지만 아무것도 없었다. 그는 샤오D였다.

"뭐야?"

아Q는 화가 치밀었다.

"짜오…… 짜오가가 약탈을 당했다고!"

샤오D가 숨이 끊어질 듯한 목소리로 말했다.

아Q의 심장이 마구 방망이질을 쳤다. 말을 마치자 샤오D는 또 냅다 도망치기 시작했다. 아Q 또한 도망치면서 두어 번이나 멈추었다.

이처럼 '도망'치는 데에는 이골이 난 그였던지라 의외로 대담했다. 아Q는 길모퉁이에 우뚝 서서 귀를 기울였다. 웅성거리는 소리가 들리는 것 같기도 했다. 자세히 보니 흰 투구에 갑옷을 입은 사람들이 짜오가에서 연신 상자와 가구들을 끌어내고 있었고 수재 마누라의 문간 침대까지 들고 나오는 것이 보였다.

그러나 자세히 보이지는 않았다. 더 다가가 보고 싶었지만 두어 발짝 가고는 더 갈 수가 없었다.

그믐밤이었다. 웨이쫭은 칠흑 같은 어둠에 쌓여 정적이 감돌았다.

마치 옛날 복희황제(伏羲皇帝) 시절처럼 태평스럽기까지 했다. 하지만 아Q는 사시나무처럼 떨고 있는 자신을 발견했다. 그들은 여전히 분주히 오가면서 상자며 가구며, 수재 마누라의 문간 침대를 훔쳐 나오고 있었다. 마치 자신이 혁명당이 되어 세간을 훔치는 것만 같았다. 옛날 토곡사에 누워 상상했던 것처럼.

아Q는 자신의 눈을 의심했다. 하지만 도저히 다가갈 수가 없어 토곡사로 되돌아오고 말았다.

토곡사는 더욱 캄캄했다. 대문을 닫고 나서 더듬거리다시피 방으로 들어갔다. 아Q는 한참을 누워 있다가 정신을 차렸다. 그와 함께 다시 한번 공상의 나래가 퍼득이기 시작했다. 흰 투구의 혁명당이 분명히 왔건만 자기에게는 아무런 연락도 없었다. 게다가 그 많은 물건을 끌어내면서도 자신의 몫이라고는 티끌만큼도 없지 않은가? 가짜 양귀신 그놈의 짓이야. 가증스러운 놈 같으니라고. 나에게는 모반을 허락치 않고 있어. 그렇지 않다면야 왜 내 몫은 없단 말인가?

아Q는 생각할수록 화가 치밀어올랐다. 분통이 터져 더는 참을 수가 없었다. 이를 악물면서 고개를 끄덕였다.

"나에게는 허락하지 않으면서 네놈만 모반을 하겠단 말이지? 호로새끼 같은 양귀신. 좋다, 네놈은 모반을 했어. 모반하면 목을 날리는 거야. 고발하고 말 테다. 네놈을 현에 잡아가 목을 날려버리고 말 테다. 가족 모두를…… 싹둑! 싹둑!"

제9장 대단원

짜오가가 약탈을 당하자 웨이쫭 사람들은 내심 쾌재를 부르면서도 왠지 모르는 두려움을 느끼고 있었다. 이 점은 아Q도 마찬가지였다. 그런데 그로부터 나흘이 지난 어느 날, 아Q는 한밤중에 느닷없이 현성(縣城)으로 끌려가는 신세가 되었다. 그날도 캄캄한 밤이었다. 일단의 군대와 장정, 경찰, 그리고 다섯 명의 수사관이 쥐도 새도 모르게 웨이쫭을 덮쳤다. 어둠을 틈타 토곡사를 포위한 채 대문을 향해 기관총을 걸어놓았다. 그러나 아Q는 뛰쳐나가지 않았다.

아무리 기다려도 인기척이 없자 그들은 조바심이 나기 시작했다. 20냥의 현상금을 걸자 그제서야 장정 둘이 담을 넘어 뛰어들어갔다. 안팎에서 내응하여 달려들듯 들어가 마침내 아Q를 잡아냈다. 토곡사의 문밖에 있던 기관총 앞에까지 끌려나와서야 비로소 아Q는 정신을 차릴 수 있었다.

성내에 당도했을 때는 이미 정오가 되어 있었다. 아Q는 허물어져 가는 아문(衙門)을 지나 몇 굽이를 돌아 어느 조그만 방에 처넣어졌다. 떠밀려 비틀거리는 순간 서까래로 엮은 문짝이 철커덕! 하고 닫히는 소리가 발뒤꿈치에서 들렸다. 3면은 온통 벽이었고 자세히 보니 모퉁이에 두 사람이 서 있었다.

아Q는 가슴이 두근거렸지만 그렇게 답답하지는 않았다. 토곡사의 방도 이곳보다 낫지는 않았기 때문이었다. 보아하니 다른 두 사람도 시골뜨기 같았다. 차츰 아Q와 어울리면서 말을 나누게 되었다. 하나는 거인 나리가 찾아와 할아버지가 진 빚을 독촉하는 바람에 잡혀왔다고 했으며 또 하나는 무슨 영문인지 모른다고 했다. 이번에는 아Q에게 물어왔다. 그러자 그는 숨김없이 털어놓았다.

"모반을 꾀했기 때문이오."

오후가 한참 지나 아Q는 대청으로 끌려나왔다. 높은 곳에 머리를 온통 깡그리 민 영감쟁이가 하나 앉아 있었다. 중이 아닌가 했지만 아래를 내려다보니 일단의 병졸들이 늘어서 있었고 그들 양쪽에는 긴 적삼을 입은 사람이 10여 명이나 서 있었다. 그 중에는 영감쟁이처럼 머리를 빡빡 민 자도 있었고 가짜 양귀신처럼 한 자가 넘는 긴 머리를 등 뒤로 풀어헤친 자도 있었다. 어쨌든 다들 개기름이 번들거렸으며 눈을 부릅뜬 채 아Q를 노려보았다.

아Q는 그들이 심상치 않은 자들임을 직감할 수 있었다. 무릎 관절에서 힘이 빠지면서 자기도 모르는 사이에 꿇어 엎드렸다.

"일어나서 말해, 무릎 꿇지 말고!"

긴 적삼을 입은 자들이 호령했다. 무슨 말인지는 알아들었지만 도무지 일어설 수가 없었다. 몸이 말을 듣지 않았기 때문이다. 쪼그리고 앉았다가 끝내 다시 무릎을 꿇고 말았다.

"노예 같은 놈!"

모욕하는 투로 말했지만 이번에는 일어서라고 하지는 않았다.

"당하고 싶지 않거든 사실대로 불어라. 우리는 이미 다 알고 있다. 순순히 분다면 풀어주지."

대머리 영감이 아Q의 얼굴을 뚫어지게 쳐다보면서 묵직하면서도 똑똑한 목소리로 말했다.

"이놈아 불란 말이다!"

긴 적삼 입은 자들도 외쳤다.

"사…사실은 투…투항을 하려고……."

아Q는 아무렇게나 생각해본 뒤 더듬거리면서 말했다.

"그런데 왜 투항을 해오지 않았나?"

영감쟁이가 약간 부드러운 소리로 말했다.

"가짜 양귀신이 허락하지를 않아서요!"

"허튼 수작 마라. 이제 와서 이야기한들 때는 이미 늦었다. 지금 네 놈의 패거리는 어디 있지?"

"뭐라고요?"

"그날 밤 짜오가를 약탈했던 그놈들 말이다."

"저에게는 기별조차 없이 자기들끼리만 가져갔는뎁쇼."

아Q는 성난 목소리로 말했다.

"어디로 갔느냐 말이야? 순순히 불면 풀어줄 테다."

영감쟁이는 더욱 부드럽게 말했다.

"저는 몰라요. 제겐 아무도 찾아오지 않았어요."

영감쟁이가 눈짓을 보내자 아Q는 다시 갇히고 말았다. 두 번째로 끌려나간 것은 이튿날 오전이었다. 대청은 그대로였다. 위에는 여전히 대머리 영감쟁이가 앉아 있었고 아Q는 무릎을 꿇고 있었다. 영감쟁이가 부드러운 목소리로 물었다.

"뭐 할 말이라도 없느냐?"

아Q는 잠시 생각해보았지만 아무 할 말도 없었다.

"없습니다."

그러자 긴 적삼을 입은 자가 종이와 붓을 갖고 와 아Q의 면전에 내밀고는 붓을 손에 쥐어주었다. 아Q는 소스라치게 놀랐다. 하마터면 '혼비백산' 할 뻔했다. 그도 그럴 것이 손으로 붓을 쥐기는 난생 처음이기 때문이었다. 어떻게 잡아야 할지 몰라 망설이고 있는데 어떤 자가 한 곳을 가리키면서 서명을 하라고 했다.

"저……저는 글씨를 모르는뎁쇼."

붓을 쥔 아Q는 두려움과 부끄러움이 뒤섞인 표정으로 말했다.

"그럼 좋을 대로 하려무나. 동그라미를 그려도 돼!"

그렇게 하려 했지만 손이 떨렸다. 그때 그 자가 종이를 땅바닥에 깔아주었고 아Q는 엎드린 채 젖먹던힘까지 다해 원을 그렸다. 그들이 비웃을까 봐 최대한 둥글게 그리려 했지만 묵직한 붓이 말을 듣지 않았다. 간신히 이어붙이려는 순간 그만 붓이 밖으로 튕겨 종이 위의 원은 호박씨같이 되고 말았다.

아Q는 부끄러워 쩔쩔맸지만 아무도 그를 탓하지는 않았다. 어느새 종이와 붓은 가져갔고 우르르 몰려들더니 세 번째로 처넣었다.

세 번째로 들어올 때는 그다지 괴롭지 않았다. 살다 보면 잡혀들어 갈 수도 있고 또 나올 수도 있지 않은가? 때로는 종이에 동그라미를 그릴 때도 있으며 어쩌다 비뚤게 그릴 수도 있는 것 아닌가?

원을 비뚤게 그린 것이 자신의 '행적'에 오점을 남긴 꼴이 되고 말았지만 얼마 지나지 않아 그것마저 담담해졌다.

"동그라미는 아이들이나 잘 그리는 거라고!"

그는 잠에 빠졌다.

이날 밤에 거인 나리는 잠을 이룰 수가 없었다. 파총과 다투었기 때문이었다. 자신은 장물을 되찾는 것이 급선무라고 했던 반면 파총은 공개 처형이 더 중요하다고 했다. 최근에 와서 파총은 거인 영감을 안중에도 두지 않고 있었다. 파총이 탁자를 치면서 말했다.

"일벌백계로 본을 보여줘야 할 것이오! 보시오, 내가 혁명당 노릇을 한 지 20일도 채 되지 않았건만 강도는 벌써 10여 건이나 발생했소. 게다가 아직 아무것도 해결을 못 하고 있으니 내 체면이 뭐가 되겠소? 사건 해결에 왜 간섭이오! 안 돼…… 이건 내 소관이란 말이오!"

그러자 거인도 난처했지만 그렇다고 물러서지도 않았다. 만일 주장이 관철되지 않으면 민정관(民政官)의 직책을 사퇴하겠노라고 위협했다.

"마음대로 하시오!"

파총의 대답이었다. 결국 거인 나리는 뜬눈으로 밤을 지샐 수밖에 없었다. 그러나 이튿날이 되자 다행히도 그는 사퇴하지 않았다.

아Q가 세 번째로 끌려나온 것은 거인 나리가 뜬눈으로 지샌 이튿날 오전이었다. 대청에 나오자 예의 그 대머리 영감쟁이가 있었다. 아Q는 이번에도 무릎을 꿇었다. 대머리 영감쟁이가 부드럽게 물었다.

"그래도 할 말이 없느냐?"

아Q는 또다시 생각해보았지만 여전히 아무런 할 말도 없었다.

"없습니다."

그러자 긴 적삼 입은 사람들이 우르르 달려들어 아Q에게 흰 조끼를 입혔다. 겉에는 검은 글씨가 쓰여 있었다. 아Q는 화가 치밀었다. 마치 상복 같았기 때문이었다. 상복이라면 불길한 것이 아닌가? 하지만 그는 양손조차 뒤로 묶인 채 곧장 아문 밖으로 끌려나갔다.

아Q는 뚜껑 없는 수레에 실려졌다. 반소매를 걸친 몇 사람이 함께 수레에 올랐다. 수레는 곧 움직였다. 앞에는 총을 맨 병졸과 장정들이 걸었고 양옆에는 수많은 군중들이 입을 떡 벌린 채 지켜보고 있었다. 뒤는 어떠한지 그는 보지 못했다.

갑자기 아Q의 뇌리를 스치는 것이 있었다. 처형이 아닌가? 아Q는 당황하기 시작했다. 눈앞이 캄캄해졌고 귀에서는 이상한 소리가 들렸다. 까무러칠 것만 같았다. 그러나 그는 까무러치지는 않았다. 당황하면서도 때로는 태연해지기도 했기 때문이다. 살다 보면 처형당하는 수도 있을 것이란 생각이 들기도 했다.

낯선 길이었기 때문에 그는 다소 의아했다.

'왜 형장으로 가지 않을까?'

군중에게 경각심을 불러일으키려고 시위하는 중이라는 사실을 모르고 있었다. 하기야 알고 있었다 한들 마찬가지였을 것이다. 살다 보면 이렇게 시위를 당할 수도 있는 것이라고 체념했을 것이기에.

그는 깨달았다. 그것은 형장으로 가는 길이었다. 이제 틀림없이 '싹뚝!' 하는 소리와 함께 목이 잘려나가겠지. 아Q는 힘없는 눈초리로 주위를 둘러보았다. 군중들이 마치 개미떼처럼 새까맣게 몰려 있었다. 언뜻 보니 길 옆의 군중들 틈에 우마의 모습이 들어왔다.

굉장히 오랜만이었다. 그녀는 성내에서 일을 하고 있었다. 갑자기 무기력해진 자신이 부끄러워졌다. 창극에 나오는 노래도 몇 곡 못 불러보다니. 공상이 뇌리를 맴돌았다. '소고상상분(小孤孀上墳)'은 너무 맥이 빠진 것 같고 〈용호투〉의 '후회해도 소용없으리……'는 무미건

조하지. 그럼 '쇠사슬로 후려치리라'가 어떨까?

손을 번쩍 치켜들려는 순간 그제서야 양손이 결박된 것을 알고는 그것마저 부를 수도 없었다.

"20년만 지나면 또 한 사람이……."

그 와중에서도 '스스로 터득'한 듯한 노래 구절이 튀어나왔다. 그가 지어낸 노래였다.

"좋다!"

군중 속에서 찢어질 듯한 목소리가 들려왔다.

수레는 계속 전진하고 있었다. 박수 갈채가 요란했다. 아Q는 얼른 눈길을 우마에게로 돌려보았지만 우마는 자신을 못 본 듯 병졸의 등에 메어 있는 총만 넋 잃은 사람처럼 쳐다보았다. 이번에는 갈채를 보내고 있는 사람들을 쳐다보았다.

그 순간 또다시 공상의 나래가 퍼득였다. 그러니까 4년 전, 산비탈에서 굶주린 이리를 만난 적이 있었는데 일정한 거리를 두고 녀석이 한없이 뒤쫓아왔다. 그를 뜯어먹기 위해서였다. 그때 얼마나 놀랐던지 하마터면 죽을 뻔했다. 다행히도 도끼를 들고 있었기 때문에 용기를 내어 웨이쫭까지 올 수 있었다. 하지만 이리의 흉악한 눈빛만은 영원히 잊혀지지 않았다. 도깨비불같이 번뜩이는 두 눈이 금세라도 달려들어 살갗을 파고들 것만 같았다.

하지만 그는 그것보다 더 무서운 눈빛을 발견했다. 둔하면서도 예리한 그 눈빛은 그의 말을 삼켜버렸을 뿐만 아니라 육신 이외의 것마저 씹어 먹을 듯한 기세로 영원히 뒤쫓아오고 있지 않은가?

눈빛은 한데 어우러져 영혼마저 물어뜯는 것 같았다.

'사람 살려!'

그러나 아Q는 아무말도 하지않았다. 이미 두 눈은 캄캄했고 귀에서는 웅웅거리는 소리가 들렸으며 육신이 먼지처럼 산산이 흩어지는 느낌이기 때문이었다.

이번 사건으로 가장 큰 영향을 받은 자는 오히려 거인 나리였다. 끝내 도둑맞은 물건을 찾지 못해 온 집안이 통곡하고 있었다. 그 다음은 짜오가였다. 수재가 관가에 신고하러 성내에 갔다가 못된 혁명당에게 붙잡혀 변발을 잘린 데다 20냥의 현상금마저 날렸기 때문에 이 집 역시 대성통곡했다. 이날부터 점차 유로*들이 나타나기 시작했다.

한편 여론은 어떠했는가? 말할 나위도 없이 웨이쭝 사람들은 아Q가 나빴다고 했으며 그가 총살당한 것이 바로 그 증거라고 했다. 나쁘지 않았다면 왜 총살까지 당했겠는가? 그러나 성내의 여론은 더욱 좋지 않았다. 그들은 오히려 불만이었다. 역시 총살형은 머리를 치는 것보다 볼 만하지 않다는 것이 그 이유였다. 게다가 얼마나 형편없는 사형수인가? 그렇게 오랫동안 시위당했으면서도 창극의 노래 한 구절 부르지 못했으니…… 다들 헛걸음만 했을 뿐이었다고 푸념들이었다.

1921년 12월

---

* 遺老, 전대(前代)의 몰락한 관리(옮긴이 주)

광인일기*

모(某) 군형제. 이름은 밝힐 수 없지만 둘은 모두 옛날 내 중학교 시절의 좋은 친구들이었다. 하지만 벌써 수년간이나 떨어져 있는 사이 점차 소식마저 끊기고 말았다.

　　그런데 며칠 전의 일이다. 우연히 형제 중의 한 명이 큰 병에 걸렸다는 소식을 듣게 되었다. 그래서 고향으로 돌아가는 길에 그곳을 들러 찾아보기로 했다. 결국 한 사람밖에는 만나보지 못했는데 병에 걸렸던 사람은 동생이었다. 친구가 고생 끝에 먼 길을 왔지만 병은 벌

---

*　〈광인일기(狂人日記)〉는 1918년 5월 《신청년》 제4권 제5호에 처음 발표되었다. 중국 문학사상 최초로 봉건 도덕인 식인(食人)의 예교(禮敎)를 날카롭게 비판한 작품으로 저자는 작품의 유래에 대해 자서(自序)에서 밝힌 적이 있다. 그 뒤 〈중국신문학대계 소설 2집서(中國新文學大系小說二集序)〉에서도 이 작품의 주제와 의의에 관해 논했다.

써 다 나왔고 지금은 모 지방으로 가서 직장을 구하고 있는 중이라고 했다. 그는 파안대소하면서 일기 두 권을 내보이고는 당시의 증세를 알 수 있을 것이니 옛 친구인 만큼 보아도 무방할 것 같다고 했다.

일기를 주욱 훑어보고 나서야 비로소 그가 피해망상증 비슷한 증세를 앓았음을 알 수 있었다. 내용도 뒤죽박죽 무질서했지만 대부분이 황당무계한 말들이었으며 날짜도 적혀 있지 않았다. 또 먹 색깔이나 글씨체도 일정치 않은 점으로 미루어 한꺼번에 쓴 것이 아니라는 것을 쉽게 알 수 있었다. 그럭저럭 문맥이 닿는 부분도 있어 여기 몇 편을 추려 의학도들의 연구 자료로 제공하고자 한다. 내용 중에 틀린 글자는 하나도 고치지 않았지만 인명은, 모두가 마을 사람들로서 별로 알려지지 않은 사람들이라 별 문제가 되지는 않겠지만 그래도 혹시 모르는 일이므로 모두 바꾸었다. 그러나 제목은 그가 쾌유되고 난 뒤에 붙인 것인 만큼 고치지 않았다.

1

오늘 밤은 달빛이 유난스럽게도 휘황찬란하다.

달을 못 본 지 벌써 30여 년. 그런데 오늘 보니 기분이 무척 상쾌하다. 지난 30여 년 동안 내가 얼마나 넋을 잃고 있었는지 비로소 알겠다. 하지만 나는 각별히 조심해야 한다. 그런데 짜오가의 개가 왜 나를 노려보았을까?

내가 두려워하는 것은 당연하다.

2

오늘 밤은 달빛이 전혀 없다. 나는 그것이 심상치 않다는 것을 안다. 아침에 조심스레 문을 나서는데 짜오꿰이(趙貴) 영감의 눈빛이 이상했다. 어찌 보면 나를 무서워하는 것도 같고 또 어찌 보면 나를 해치려는 것도 같았으니 말이다. 그리고 일고여덟 명의 사람들이 행여 내가 볼까 머리를 맞대고 나에 대해 뭔가 수근거렸고 길거리의 사람들도 모두 그러했다. 그중에서도 가장 흉악한 한 사람은 입을 헤벌쭉이 벌린 채 나를 보고 웃었다.

나는 마치 머리부터 발끝까지 얼어붙는 듯한 느낌이 들었다. 그들이 모든 음모를 이미 다 완벽하게 꾸며놓고 있다는 것을 알 수 있었다.

그러나 나는 두려워하지 않고 내 갈 길을 걸어갔다. 앞에 한 무더기의 어린애들도 무언가 나에 대해 수근거리고 있었는데 그들의 눈빛 역시 짜오꿰이 영감이 바라보는 눈빛과 같았으며 서슬 퍼런 안색을 하고 있었다.

'도대체 내가 저 애들과 무슨 원한이 있다고 그러는 걸까?'

참다 못해 소리를 버럭 질렀다.

"말해봐!"

그러자 그들은 냅다 도망쳐버렸다.

나는 곰곰이 생각해보았다. 도대체 내가 짜오꿰이 영감하고 무슨 원한이 있단 말인가? 그리고 길거리의 사람들과는 또 무슨 원한이 있기에 다들 그러는 것일까? 고작 20년 전에 꾸죠우(古久) 선생의

케케묵은 장부*를 걷어찬 적이 있을 뿐인데. 꾸죠우 선생이 그때 몹시 불쾌해했던 건 사실이다. 물론 짜오꿰이 영감은 그를 모르지만 소문으로 듣고 대신 불평을 터뜨리고 있는 게 틀림없다. 그래서 길거리 사람들과 작당해서 함께 나를 원수처럼 여기고 있는지도 모를 일이다.

그렇다면 아이들은 어떤가? 당시 그들은 아직 태어나지도 않았을 텐데 오늘처럼 이상한 눈초리로 나를 쳐다보는 까닭은 뭐지? 두려운 듯한, 해치려는 듯한 표정으로 말이다. 이것이야말로 나를 두렵게 하고 또 놀랍게도 하며 상심하게 만든다. 알겠다. 이 모든 것은 그들의 부모들이 시킨 일이다.

3

밤에는 잠을 이룰 수가 없었다. 만사는 연구를 해야만 명백해지는 법이다.

그들로 말하자면 현령의 명령으로 목에 칼을 쓴 자도 있고 신사에게 따귀를 얻어맞은 자도 있으며 아전놈들에게 마누라를 빼앗긴 자도 있고 부모가 빚쟁이의 등쌀에 죽은 자들도 있다. 그러나 당시 그들의 표정은 어제만큼 두려워하거나 흉포하지 않았다.

그중에서도 가장 기이한 것은 어제 길거리에서 보았던 그 여인이

---

* '케케묵은 장부'란 수천 년에 걸친 중국의 봉건 통치를 의미한다.

다. 그녀는 자기의 아들을 때리면서 말했다.

"늙은 놈! 네놈을 몇 번이고 깨물어야 분이 풀릴 것이다!"

그러면서도 눈빛은 나를 향하고 있지 않았던가? 나는 놀라움을 감추지 못했다. 그러자 시퍼런 얼굴에 흉측한 이빨을 드러낸 몇 사람이 껄껄 웃어댔다. 그때 천라오우(陳老五)가 얼른 다가 오더니 나를 움켜쥔 채 집으로 끌고 돌아왔다.

그가 나를 끌고 집에 돌아왔지만 가족들은 나를 모르는 척했다. 그들의 눈빛 또한 남들과 조금도 다름이 없었다. 서재로 들어오자 그들은 밖에서 문을 걸어 잠가버렸다. 마치 닭이나 오리를 잡아 가두듯 말이다. 이번 사건은 생각할수록 영문을 알 수 없었다.

며칠 전의 일이었다. 랑쯔*촌(村)의 소작인이 흉작을 알리러 와서는 큰형님에게 말했던 적이 있었다. 즉 그들의 마을에 못된 놈이 하나 있었는데 여러 사람에게 뭇매를 맞고 죽었다고 했다. 그래서 사람들은 그의 심장과 간을 꺼내 기름에 튀겨 먹었다고 했다. 그렇게 하면 담이 커진다고 했기 때문이었다. 내가 말참견을 하자 소작인과 큰형님이 나를 몇 번 노려보았다. 나는 오늘에야 비로소 당시 그들의 눈빛이 바깥 놈들과 완전히 같다는 사실을 알게 되었다.

생각만 해도 머리부터 발끝까지 쭈뼛해진다.

사람을 잡아먹는 놈들이니 나라고 못 잡아먹을 리 없겠지.

"몇 번이고 깨물어버리겠다"라고 하던 그 여인이나 서슬 퍼런 얼굴에 흉측한 이빨을 드러내놓고 웃던 자들. 그리고 그저께 소작인이

---

*　狼子, 이리(옮긴이 주)

했던 말 등은 어떤 것을 시사하는 암호가 틀림없다. 그들의 말은 온통 독기로 가득 차 있고 웃음 속에는 음흉한 칼을 숨기고 있으며 이빨은 희고 무시무시하게 박혀 있다. 이들이 바로 사람을 잡아먹는 놈들이다.

내 생각으로는 나 자신이 악인이라고는 여기지 않는다. 하지만 옛날 꾸가(家)의 장부를 걷어차고 난 다음부터는 이 또한 장담할 수 없게 되고 말았다. 그들에게 무슨 꿍꿍이속이 있는 것 같았지만 나로서는 전혀 짐작해낼 수가 없다. 심지어 그들은 화가 나서 안면을 바꿀 때면 으레 남들 보고 악인이라고 쏘아붙이는 판이다. 나는 아직도 큰형님이 논설문 작성 요령을 가르쳐주던 때를 기억한다. 그때 내가 아무리 좋은 사람이라도 나쁘다고 몇 줄만 쓰면 그는 동그라미를 몇 개나 쳐주었으며 반대로 나쁜 사람을 용서하는 투로 몇 줄 쓰면 "정말 하늘도 뒤집을 만한 묘수로구나. 보통 사람과는 전혀 다른⋯⋯" 하며 질책하곤 했다. 이런 사람이었으니 내가 그들의 심중을 어떻게 추측할 수 있단 말인가? 하물며 그들이 사람을 잡아먹을 때라면 더 말할 나위도 없지 않겠는가.

만사는 연구를 해보아야만 명백해지는 법이다. 사람이 사람을 잡아먹는다는 사실이 옛날부터도 종종 있어왔다는 것을 나는 알고 있다. 하지만 분명하게 알지는 못한다. 나는 역사책을 한번 훑어보았다. 그러나 역사책에는 연대도 기록되어 있지 않고 그저 비뚤비뚤하게 '인의도덕(仁義道德)'이란 몇 자만 쓰여 있었다. 나는 도무지 잠을 이룰 수가 없었다. 밤새도록 자세히 살펴본 결과 그제야 글자와 글자 사이에 온통 '식인(食人)'이란 두 글자가 빽빽이 박혀 있는 것을 알 수 있었다.

　이렇듯 역사책에도 '식인'이란 글자가 수도 없이 쓰여 있고 또 소작인의 말에도 온통 그런 말로 가득했으며 사람들은 히죽거리면서 괴상한 눈빛으로 나를 노려보고 있었다.

　나도 사람이다. 그런데 그들은 나를 잡아먹으려고 한다!

4

　아침에 나는 한참 동안이나 조용히 앉아 있었다. 그때 천라오우가 밥을 들여보내주었다. 반찬 한 접시와 찐 생선 한 접시였다. 그런데 생선의 눈이 희멀겋고 딱딱해져 있었고 아가리를 떡 벌린 꼴이 사람을 잡아먹는 그놈들과 똑같았다. 몇 젓가락 집어먹고 나자 미끈거리는 맛이 생선인지 사람 고기인지 분간할 수가 없었다. 나는 곧 내장속까지 다 토해버리고 말았다.

　"라오우, 큰형에게 좀 전해주게나. 답답해서 뜰이나 좀 거닐고 싶다고."

　그러나 그는 아무 대답도 없이 나가버렸다. 그리고는 조금 지나서 다시 돌아와 문을 열어주었다.

　나는 꼼짝도 하지 않았다. 그들이 나를 어떻게 하는지를 연구하기 위해서였다. 그들은 틀림없이 나를 그대로 내버려두지는 않을 것이다. 과연 큰형님이 어떤 영감쟁이를 모시고 천천히 걸어오고 있지 않은가? 그의 눈에는 흉악한 빛이 가득했다. 내가 두려워할까 봐 머리를 푹 숙인 채 땅을 향하고 있었지만 그러면서도 안경테 너머로 몰래 나를 엿보고 있었다.

"오늘은 상태가 꽤 좋은 것 같구나."

큰형님이 말했다.

"그래요."

"오늘은 허(何) 선생님을 모시고 왔지. 진찰을 좀 할까 해서."

"좋아요."

사실 이 영감쟁이가 사람 잡는 백정 노릇을 하리라는 것쯤이야 내 어찌 모르겠는가? 진맥을 본다는 핑계로 살이 쪘는지 아니면 말랐는 지를 살필 것이며 그 공로로 내 살점 몇 조각쯤 받아먹겠지.

나는 두렵지 않다. 내 비록 사람을 잡아먹지는 않았지만 담력은 그 들보다 세다. 나는 두 주먹을 불끈 쥐고 앞으로 내밀면서 그가 어떻 게 할 것인지를 지켜보았다. 영감쟁이는 자리에 앉더니 눈을 지긋이 감았다. 한참을 만진 다음 역시 한참 동안이나 멍하니 있다가 귀신 같은 눈을 뜨면서 말했다.

"쓸데없는 생각하지 말고 며칠만 정양하면 나을 것입니다."

쓸데없는 생각하지 말고 며칠 동안 정양하라고? 그럼 살이 통통히 오를 것이고 그렇게 되면 먹을 것도 많아질 테지. 그게 나에게 무슨 도움이 된단 말인가? 어떻게 해서 '나을 것'이란 말인가?

그들 떼거리는 사람을 잡아먹고 싶어하면서도 우물쭈물하면서 흉 악한 꼴을 감추기 위해 직접 마수를 뻗지는 않고 있다. 참으로 무서 워 죽을 노릇이다.

나는 더는 참을 수가 없어 파안대소했다. 그랬더니 마음도 훨씬 쾌활해졌다. 물론 그 웃음 속에는 의용과 정기가 숨어 있다는 것을 나는 안다. 영감쟁이와 큰형님의 안색이 바뀌었다. 나의 의용과 정기에 압도당했기 때문이다.

하지만 내가 용기가 있는 만큼 그들은 그것 때문에도 더 나를 잡아먹기 위해 혈안이 되어 있다. 용기의 덕을 보기 위해서였다. 영감쟁이는 문을 나서더니 얼마 안 가 큰형님에게 나지막한 목소리로 말했다.

"싹 먹어버립시다."

큰형님은 고개를 끄덕였다. 음, 그러고 보니 큰형님도 같은 생각이었구나! 엄청난 발견이며 의외인 것 같기도 하지만 이미 예측한 것이다. 떼거리를 규합하여 나를 잡아먹겠다는 자는 바로 나의 형이었다.

사람을 잡아먹는 자는 나의 형.

나는 사람을 잡아먹는 자의 형제!

나 자신이 잡아먹혀도 나는 여전히 사람을 잡아먹는 자의 형제가 아닌가!

5

요 며칠간 나는 한 발짝 물러나 생각해보았다. 만일 그 늙은 영감쟁이가 백정의 탈을 쓴 자가 아니고 정말 의사라 할지라도 그는 사람을 잡아먹는 자가 틀림없다. 그들의 조사(祖師)라 할 수 있는 리스쩐

(李時珍)이 쓴 《본초(本草)》인가 뭔가*에 보면 인육도 달여 먹을 수 있다고 분명히 기록되어 있기 때문이다. 그러니 자신도 사람을 먹지 않는다고 말할 수 있겠는가?

우리 집의 큰형님으로 말할 것 같으면 사람을 잡아먹는 것에 대해서는 의심의 여지가 없는 사람이다. 옛날 나에게 글을 가르칠 때 자기 입으로 "자식을 서로 바꾸어 잡아먹을 수도 있다"라고 했으며 또 한 번은 우연히 어떤 나쁜 사람을 논하면서 당장 죽여버려야 할뿐만 아니라 응당 "고기는 뜯어 먹고 가죽은 벗겨, 깔고 자야 한다"**라고 말한 적이 있기 때문이다. 당시 나는 아직 어렸기 때문에 그의 말을 듣고 나서 온종일 심장이 뛰었다. 그저께 랑쯔촌의 소작인이 와서 사람의 심장과 간을 꺼내 먹는 이야기를 할 때도 그는 기이하다는 눈빛은 조금도 없이 오히려 고개만 열심히 끄덕이지 않았던가? 이 점만 보아도 그의 속내가 옛날과 다름없이 흉악함을 알 수 있다. '자식을 바꾸어 먹을' 판이니 이제 못 바꿀 것과 못 먹을 사람이 없게 되고 말았다. 옛날 그가 도리를 논할 때면 나는 대수롭지 않게 넘겨버리곤 했는데, 이제야 당시 그가 입가에 사람 기름을 번드레하게 발랐을 뿐만 아니라 온통 사람 잡아먹는 생각에 빠져 있었다는 것을 알게 되었다.

---

* 《본초강목(本草綱目)》을 말한다. 약초의 성질과 약효를 기록한 경전으로 총 52권. 명나라 리스쩐(李時珍, 1518~1593)의 저서

** 자식을 바꾸어 잡아먹고(易子而食), 고기는 뜯어 먹고 가죽은 벗겨 깐다(食肉寢皮).《좌전(左傳)》에 나오는 내용. 애공(哀公) 8년과 양공(襄公) 21년에 각각 나오는데 여기서는 비참했던 중국의 실상을 비유한 것이다.

6

칠흑같이 어두워 낮인지 밤인지조차 모르겠다. 짜오가의 개가 또 다시 짖기 시작했다. 사자같이 포악한 마음, 토끼 같은 비겁함, 그리고 여우 같은 교활함이…….

7

나는 그들의 수법을 알게 되었다. 즉 그들은 자기들 돈으로 직접 죽이려고는 하지 않는다. 아니 그들은 뒤탈이 두려워 감히 그렇게 할 수도 없다. 그래서 그들은 서로가 연락을 취해 사방에다 빈틈없이 그물을 쳐놓고 자살하게 만든다. 며칠 전 길거리에서 보았던 남자나 여자들의 꼴과 요즘 큰형님의 행동을 보면 십중팔구는 알 수 있다.

그들이 가장 바라는 것은 내가 스스로 허리띠를 풀어 대들보에 목매달아 죽는 것이다. 그렇게 되면 살인죄도 뒤집어쓰지 않을 뿐만 아니라 소원 또한 성취될 것이니 천지를 뒤덮을 듯 괴성을 지르며 웃을 것이다. 그렇지 않고 겁에 질려 번민 끝에 죽는다 해도 살만 좀 빠질 뿐으로 이것 역시 그들은 좋아할 것이다.

그들은 죽은 고기만 먹을 뿐이다. 어떤 책에서 본 기억이 있는데 '하이에나'라는 동물은 눈빛과 꼴이 지독히도 못생겼다고 한다. 이놈 역시 죽은 고기만 먹는데 거대한 뼈다귀까지 잘근잘근 씹어 먹는다고 한다. 얼마나 무서운 놈인가. '하이에나'는 이리의 족속이며 이리는 또 개의 조상뻘이다. 며칠 전 짜오가의 개가 나를 몇 번 쳐다보았는데 그놈도 한통속으로서 일찌감치 공모하고 있었음을 알 수 있다. 영감쟁이가 땅만 쳐다보았다고 나를 속여 넘길 수 있겠는가!

가장 가련한 자는 그래도 큰형님이다. 그 역시 사람이건만 어째서 조금도 두려워하지 않고 도리어 작당까지 하여 나를 잡아먹으려고 할까? 이미 면역이 되어 나쁜 짓으로 여기지도 않는 걸까? 아니면 양심을 상실하여 나쁜 줄 뻔히 알면서도 일을 저지르는 것일까?

나는 사람을 잡아먹는 자를 저주하면서 큰형님부터 저주한다. 그리고 그들을 타이르는 것 또한 큰형님부터 할 것이다.

8

사실 이 같은 도리는 지금 그들이라면 당연히 알고 있어야 하는데…….

갑자기 웬 사람이 하나 왔다. 나이는 고작 20세 전후쯤 되었고 얼굴 모습은 그리 분명치 않았다. 그는 만면에 웃음을 띤 채 나를 향해 고개를 끄덕였다. 아마 그의 웃음도 진짜 웃는 것은 아니리라. 나는 그에게 물었다.

"사람을 잡아먹는 짓이 옳으냐?"

그는 여전히 웃으면서 말했다.

"흉년도 아닌데 어떻게 사람을 잡아먹겠습니까?"

순간 나는 이자도 한 패거리로서 즐겨 사람을 잡아먹는다는 것을 깨달았다. 그래서 용기백배해서 다그쳐 물었다.

"옳단 말이냐?"

"어찌 그런 것을 묻습니까? 참 농담도 잘하시는군요. 오늘 날씨가 매우 좋군요."

날씨도 좋고 달빛도 밝다. 하지만 나는 묻고 싶었다.

"옳은 것이냐?"

그자는 옳지 않다고 여겼다. 그래서 얼버무리듯이 대답했다.

"아니요……."

"아니라면 그들은 왜 사람을 잡아먹었지?"

"그런 일은 없었는데요."

"그런 일이 없었다고? 랑쯔촌에서는 지금도 사람을 잡아먹고 있고 또 책에도 그렇게 쓰여 있단 말이다. 온통 선혈이 낭자하다고!"

순간 그의 안색이 새파랗게 변하고 말았다. 그는 눈을 부릅뜨고 말했다.

"어쩜 있을지도 모르긴 해요. 옛날부터 그래 왔으니까……."

"옛날부터 그래 왔으니 옳단 말이냐?"

"저는 나리와 그런 도리에 대해 논할 수는 없어요. 그리고 나리께서도 그런 말씀은 안 하셔야 해요. 나리의 말씀도 잘못된 거예요!"

나는 벌떡 일어났다. 눈을 떠보니 사람의 모습은 보이지 않았다. 온몸이 땀으로 흠뻑 젖어 있었다. 그의 나이는 큰형님보다 훨씬 적었지만 한패거리다. 그의 부모가 그렇게 시킨 것이 틀림없으리라. 뿐만 아니라 그의 아들에게까지 가르쳤을지도 모른다. 그렇기에 어린아이들조차 증오에 찬 표독한 눈으로 나를 바라보는 것이 아닐까.

9

그들은 남을 잡아먹으려고 하면서도 한편으로는 남에게 잡아먹히지나 않을까 하고 의심 가득한 눈초리로 서로 눈치만 살핀다.

그런 마음만 버린다면 마음놓고 일할 수 있을 것이며 길을 걷는다든가 식사를 하고, 또 잠을 자는 것이 얼마나 편할 것인가? 이는 곧 문지방이나 관문과 같아 이것만 넘으면 모든 것이 해결된다. 그러나 그들은 부자나 형제, 부모, 친구, 스승과 제자 그리고 원수나 모르는 사람끼리 서로 한패가 되어 돕거나 견제하면서 죽어도 그 문턱을 넘으려고 하지 않는다.

10

이른 새벽, 나는 큰형님을 찾아갔다. 그는 마루 문 밖에서 하늘을 쳐다보고 있었다. 나는 그의 등 뒤로 가서 난간에 기댄 채 유달리 조용하면서도 부드럽게 말했다.

"큰형님, 드릴 말씀이 있어서요."

"말해봐, 뭔지."

그는 얼른 뒤돌아보면서 고개를 끄덕였다.

"불과 몇 마디뿐이지만 잘 나오지 않는군요. 큰형님, 아마도 최초의 야만인들은 모두 사람 고기를 약간은 먹었을 거예요. 그러나 뒤에 와서 생각이 서로 달라져 어떤 자는 먹지 않았을 테지요. 줄곧 그렇게 해오면서 하나의 사람으로 변했고 더 나아가 진정한 사람으로 변한 겁니다. 그런데 어떤 자는 그래도 계속 먹었지요. 마치 벌레처럼 말이에요. 그래서 그들은 물고기나 새, 원숭이로 변했다가 사람으로 변했을 겁니다. 착하게 변하려고 하지 않았기 때문에 지금까지도 벌레 신세인 자도 있을 테고요. 사람을 잡아 먹는 자는 그러지 않는 자에 비해 얼마나 창피할까요? 아마도 이는 벌레가 원숭이 앞에서 느끼는 창피함보다도 훨씬 더할 것입니다.

옛날 이야(易牙)*는 자신의 아들을 삶아 지에 쪼우**에게 바쳤다고 하지요. 그러나 그것은 옛날의 일이 아니겠습니까? 그런데 판구(盤古)가 천지를 개벽한 뒤 이야의 아들에 오기까지 사람을 잡아먹었고, 또 이야의 아들부터 쉬시린(徐錫林)***에 이르기까지 그렇게 했으며 다시 쉬시린에서부터 랑쯔촌에서 잡힌 사람까지 그렇게 잡아먹을 줄이야 그 누가 알았겠습니까? 작년에 성내에서 범인을 처형했는데 폐병 환자가 나타나 만두를 피에 찍어 먹었답니다.

그들은 저를 잡아먹으려고 하지요. 원래 형님 혼자라면야 그런 생각을 할 수 있겠습니까? 하지만 형님께선 왜 그놈들과 한 패거리가

---

* 춘추시대 제(齊)나라 사람으로 유명한 조리사였다. 당시 제환공(齊桓公)이 아직 어린 애의 삶은 고기맛을 못 보았다고 하자 자기의 아들을 삶아서 바쳤다고 한다. 이 이야기는 《관자(管子)》의 소칭(小稱)편에 실려 있다.

** 桀紂. 지에는 하(夏)나라의 폭군, 쪼우는 상(商)나라의 폭군으로 폭군을 통칭한다.

*** 쉬시린(徐錫麟)을 말한다. 청말(淸末)의 혁명가로 1907년 안휘(安徽), 순무(巡撫), 은밍(恩銘)을 찔러 죽이고 그 자리에서 체포되어 얼마 후 처형되었다. 그의 심장과 간을 은밍의 부하가 먹었다고 한다.

되려는 것입니까? 사람을 잡아먹는 자들이 무슨 짓인들 못하겠습니까? 놈들은 저를 잡아먹을 수 있을 뿐만 아니라 형님까지도 잡아먹을 수 있습니다. 그리고 놈들끼리도 서로 잡아먹을 수 있습니다. 그러나 한 발짝만 물러서서 다시 생각해보면 이런 끔찍한 사태는 그 즉시 개선할 수 있으며 그렇게 되면 사람들은 누구나 평화로울 수 있지요. 비록 옛날부터 그랬다손 치더라도 오늘 우리들은 각별히 선해져야 할 필요가 있습니다. 그래서는 안 된다고 말씀하십시오. 큰형님, 저는 형님께서는 그렇게 말씀하실 수 있다고 확신합니다. 그저께 소작인이 와서 소작료를 탕감해달라고 했을 때도 형님께서는 안 된다고 말씀하셨잖습니까?"

큰형님은 처음에는 냉소만 짓고 있었다. 그러다가 나중에는 눈빛이 험상궂게 변하기 시작했다. 내가 그들의 속마음을 들추어내자 금세 안색이 서슬 퍼렇게 변하고 말았다. 대문 밖에는 예의 그 놈들이 서 있었다. 짜오꿰이 영감과 그의 개도 그 속에 있었다. 모두들 두리번거리면서 안으로 들어왔다. 어떤 자는 복면을 한 듯 얼굴을 알아볼 수가 없었고 또 어떤 자는 옛날 그대로 서슬 퍼런 안색에다 흉측한 이빨을 드러낸 채 히죽거리고 있었다. 나는 그들이 한패거리로서 모두 사람을 잡아먹는 놈들임을 알 수 있었다. 그러나 그들의 심보는 각양각색이라는 사실도 알고 있었다. 즉 어떤 놈들은 옛날부터 그랬으니 응당 사람을 잡아먹어야 한다고 여기고 있을 테고 또 어떤 놈들은 그래서는 안 된다는 것을 알면서도 여전히 잡아먹어야겠다고 여길 것이다. 하지만 남이 눈치챌까 봐 내 말을 듣고 화가 머리끝까지 치밀면서도 입을 히죽거리며 냉소만 짓고 있다.

이때 큰형님이 갑자기 험한 얼굴을 하면서 큰 소리로 외쳤다.

"다들 나가시오. 미친놈이 뭐가 그리 보기 좋다고!"

순간 나는 그들의 교묘한 수법을 또 하나 알 수 있었다. 즉 그들은 개과천선하려 들지 않을 뿐더러 이미 온갖 음모를 다 꾸며놓았으며 이제는 미친놈이라는 허울까지 씌우려 한다는 사실을. 그래야만 장차 나를 잡아먹어도 태평무사할 뿐만 아니라 남으로부터 동정심도 얻을 수 있을 것이기 때문이다. 소작인도 말하지 않았던가? 여러 사람이 악인 한 사람을 잡아먹었다는 사실을. 이게 바로 그 방법이자 그들의 상투적인 수법이다.

천라오우가 화가 나 식식대면서 들어왔다. 하지만 어찌 내 입을 막을 수 있으리오. 나는 계속 그놈들을 향해 말했다.

"당신들은 개과천선 할 수 있소. 그것도 진심에서부터 말이오. 장차 세상은 사람을 잡아먹는 자를 용납지 않을 것이며 그런 자들이 이 세상에 살아 있는 것조차 용인하지 않을 거라는 점을 명심하시오. 만일 그래도 고치지 않는다면 당신들은 서로 다 잡아먹고 말 것이오. 설사 자식을 아무리 많이 낳는다고 해도 그들은 선한 사람이 모조리 멸종시키고 말 것이오. 마치 사냥꾼이 이리떼를 죽여버리듯이, 버러지를 박멸하듯이 말이오."

그자들은 천라오우가 모두 쫓아냈다. 큰형님도 어디로 갔는지 없었다. 그러자 천라오우는 나에게 방으로 들어가라고 권했다. 방 안은 침침했다. 대들보와 서까래가 머리 위에서 떨었다. 한참을 떨다 크게 흥청대더니 와르르 내 몸에 쏟아져내렸다.

엄청난 중압감에 꼼짝달싹도 할 수 없었다. 나를 죽이려는 것이다.

그러나 나는 중압감이 거짓이라는 사실을 잘 알고 있기에 발버둥쳐 나왔다. 온몸에서 땀이 비 오듯 흘러내렸으나 나는 계속 말했다.

"개과천선하시오. 그것도 진심에서부터. 장차 세상은 사람을 잡아 먹는 자를 용서하지 않는다는 사실을 명심하시오……."

11

태양도 뜨지 않고 문도 열리지 않는다. 매일 두 끼 식사뿐이다.

젓가락을 들다 말고 문득 큰형님 생각이 났다. 누이동생이 죽은 원인이 모두 그에게 있다는 것을 알았다. 당시 그녀는 겨우 다섯 살이었다. 귀엽고도 가련한 모습이 아직도 눈에 선하다. 어머니는 온종일 울음을 그치지 않았지만 큰형님은 울지 말라고 했다. 자신이 잡아 먹었기 때문에 어머니께서 우시니 안쓰러웠던 모양이었다. 만약 그렇게 안쓰러웠다면…….

누이동생은 큰형님에게 잡아먹혔다. 이 사실을 어머니께서 알고 계셨는지는 나도 알 수 없다. 아마 어머니도 알고 계셨겠지만 우실 때는 도리어 아무런 말씀도 없으셨다. 아마 틀림없이 그러셨을 거다.

내가 네댓 살쯤 되었을 때로 기억한다. 마루 앞에 앉아 바람을 쐬고 있을 때 큰형님이 말했다. 부모가 편찮으시면 자식은 자기의 살점이라도 베어 푹 삶아 드시게 해야 효자라고. 그러자 어머니께서도 안된다고 하시진 않았다. 한 점을 먹을 수 있다면 송두리째도 먹을 수 있다는 이야기가 아닌가? 하지만 그때 어머니께서 우시던 모습을 생각하면 지금도 가슴이 저며온다. 정말 기이한 노릇이 아닐 수 없다.

12

생각할 수도 없다.

무려 4,000년 동안이나 늘 사람을 잡아먹던 곳, 나 역시 그곳에서 오랜 세월 동안 함께 해왔다는 사실을 오늘에서야 알게 되었다. 큰형님께서 집안일을 도맡아 하시면서 공교롭게 누이동생이 죽었다. 형님이 나 몰래 누이동생의 살점을 밥이나 반찬에 섞어 나에게 먹였는지도 모를 일이다. 나도 모르는 사이에 누이동생의 살점을 먹지 않았다고 단정할 수 있겠는가? 이제 내 차례가 되고 말았다……

4,000년간이나 사람을 잡아먹은 나다. 처음에는 몰랐지만 이제는 확실히 알게 되었다. 진정한 사람을 만나기가 이다지도 어려운가!

13

아직도 사람 고기를 못 먹어본 어린이가 있을까?

아이들을 구하라……

1918년 4월

콩이지[*]

루쩐(魯鎭)의 술집 구조는 다른 지방과 달랐다. 즉 어느 술집이든 길을 향해 굽은 자〔尺〕모양의 대형 계산대가 놓여 있고 그 밑에는 뜨거운 물을 준비해두어 수시로 술을 데울 수 있도록 해놓았다.

현지의 일꾼들은 정오나 저녁때가 되어 일이 끝나면 제각기 술집

*   〈콩이지(孔乙己)〉는 1919년 4월 《신청년》 제6권 제4호에 처음 발표되었다. 당
     시 작자는 편말에 부기(附記)를 두고 있었다. 즉 "본 작품은 지극히 졸렬한 소설
     로서 작년 겨울에 완성했다. 당시 나의 뜻은 이것을 통해 사회상의 한 단면을 묘
     사하는 데 있었을 뿐이다. 따라서 독자 여러분도 읽어보면 별다른 깊은 뜻은 없
     음을 알게 될 것이다. 이 작품을 활자로 발표한 때는 어떤 자가 갑자기 소설을
     이용하여 인신 공격을 마구 해대던 때였다. 무릇 저자가 구렁텅이에 빠지면 독
     자들의 사상마저 함께 타락될 수밖에 없다. 소설이 오물이나 뒤집어씌우는 도
     구로 전락되었을 때 그 와중에서 피해를 당하는 자는 누구겠는가? 이 점은 지극
     히 한탄스럽고 안타까운 노릇이 아닐 수 없다. 따라서 나는 이 점을 밝혀 억측을
     막고 또 독자들의 인격에 해가 되지 않도록 하고 싶다.(1919년 3월 26일)"

으로 가 4문의 동전으로 술을 한 사발씩 사 마시곤 했다. 이는 20여 년 전의 일로 지금은 10문 정도로 올랐을 테지만. 그들은 계산대 밖에 기대 선 채 따끈따끈한 술을 마시면서 휴식을 취했다. 여기에다 1문만 더 주면 소금에 절여 삶은 죽순이나 회이샹또우* 따위를 안주로 먹을 수 있고 10여 문을 지불하면 고기 요리까지 곁들일 수 있었다. 하지만 이곳의 고객들은 대부분이 짧은 옷을 걸친 자들로서 그렇게 여유가 없었다. 장삼(長杉) 정도는 입은 자라야만 술집 안에 있는 방에서 술과 안주를 시켜 여유 있게 앉아서 마실 수 있었다.

나는 열두 살 때부터 마을 입구의 '시엔홍(咸亨)'이라는 술집에서 사환 노릇을 했다. 당시 짱꿰이**의 말로도 내가 너무 멍청하게 생겨 장삼 입은 손님을 모실 수가 없을 것 같으니 밖에서 잡일이나 하는 게 좋을 거라고 했다. 밖에는 짧은 옷을 걸친 손님들뿐이다. 그들과는 쉽게 대화를 나눌 수 있었지만 보통 시시콜콜한 말이나 잔뜩 떠벌이는 자가 꽤 많았다. 그들은 가끔 자기 눈으로 직접 황주를 술독에서 퍼내는 것을 보고자 했고 주전자 안에 혹시 물이라도 담겨 있지 않은지 확인하고는 주전자를 뜨거운 물에 담는 것을 보고 나서야 마음을 놓았다. 이렇듯 감시의 눈초리가 심하니 물을 섞기가 여간 힘들지 않았다. 이렇게 해서 며칠이 지나자 이번에는 짱꿰이는 내가 그런 일마저도 할 능력이 없다고 했다. 그러나 다행히 나를 소개한 분의 체면이 있어 내쫓지는 못하고 술이나 데우는 무료한 일만 전담시켰다.

---

* 茴香豆, 다년생 풀로 열매는 식용으로 쓰인다.(옮긴이 주)
** 掌櫃, 주인을 말한다.(옮긴이 주)

이때부터 나는 종일토록 계산대에 앉아 내 일에만 전념했다. 이제 실직할 염려는 없었지만 일은 단조롭고 무료하기만 했다. 짱꿰이는 험상궂은 얼굴을 한 사람인 데다 손님들마저 점잖지 못한 자들이라 나는 주눅이 들어 있었다. 다만 콩이지가 술집에 나타날 때면 몇 번 웃어볼 수 있었으므로 나는 아직도 그를 기억한다.

콩이지는 장삼을 입었지만 서서 술을 마시는 유일한 사람이었다. 그는 키가 훤칠했다. 창백한 얼굴에는 주름이 있었고 늘 상처가 나 있었으며 텁수룩한 흰 수염을 하고 있었다. 장삼은 입고 있었지만 더럽고 해져서 마치 10여 년간 한 번도 깁거나 빨지 않은 것 같았다. 남에게 하는 말도 온통 실속 없는 허황된 말뿐이었으므로 사람들은 무슨 뜻인지 잘 알아듣지 못했다.

그는 성이 콩 씨였다. 그래서 사람들은 먀오훙쯔(描紅紙)*에 적혀 있는 '상대인콩이지(上大人孔乙己)'**란 아리송한 글귀를 따와 '콩이지'란 별명을 붙여주었다.

콩이지가 일단 주점에 나타나기라도 하면 술을 마시던 사람은 모두 그를 쳐다보며 웃어댔다. 그중에는 이렇게 말하는 자도 있었다.

"콩이지, 얼굴에 상처 하나가 더 생겼네!"

---

* 옛날 습자(習字)용으로 어린이들이 사용했던 일종의 학습지다. 내용은 주로 공자의 사적에 관한 것이었는데 획수가 적은 글자를 세 자씩 묶어 한 구로 했다. 하지만 외우기 쉽고 쓰기 쉽도록 억지로 맞춘 결과 뜻이 잘 통하지 않아 알쏭달쏭한 부분이 많았다.

** 옛날 아동들의 계몽학습서에서 글자를 쉽게 익힐 수 있도록 간단한 필획의 문자를 엮은 구절. 별 뜻은 없다.

그러나 그는 대꾸도 않고 계산대를 향해 말했다.

"술 두 사발 데워주고 회이샹또우 한 접시 줘요."

그러면서 9문이나 되는 거금을 꺼냈다. 그러면 사람들은 일부러 더 큰 소리로 떠들어댔다.

"너, 또 남의 물건을 훔친 게로구나!"

그러면 콩이지는 눈을 부릅뜨면서 말했다.

"쓸데없이 정직한 사람 욕보이지 말아요."

"무슨 놈의 정직한 사람이야. 그저께 내 눈으로 직접 보았는걸. 네 놈이 허가의 책을 훔쳤다가 묶여 매달린 채 실컷 두들겨맞았잖아!"

순간 콩이지는 얼굴이 홍당무가 되면서 이마에 퍼런 힘줄을 드러낸 채 항변했다.

"책을 훔친 건 도둑이라고 할 수 없단 말이오. 책을 훔친 건! 공부하는 사람들의 일인데도 훔쳤다고 할 수 있나요!"

그러면서 무슨 "군자는 아무리 궁해도 지조를 굽히지 않는다"* 하는 '허황된' 말을 지껄였다. 그러면 다들 또 한바탕 폭소를 터뜨리고 그에 따라 술집 안팎은 온통 쾌활한 분위기에 감싸이곤 했다.

남들이 수군대는 말로는 콩이지는 원래 글공부깨나 한 사람이었는데 끝내 과거에는 오르지 못했다고 한다. 그렇다고 해서 생활력이 있는 것도 아니어서 갈수록 궁핍해지다가 결국 걸식까지 할 지경에 이르렀다고 한다. 그런데 다행히도 필체는 훌륭해서 가끔 남의 책을

---

* 《논어(論語)》위령공(衛靈公)편의 말. 군자고궁(君子固窮), 즉 상황이 아무리 궁색해도 군자는 지조를 굽혀서는 안 된다는 뜻이다.

베껴주고 밥이나 얻어먹곤 했다. 그러나 애석하게도 그에게는 일은 하지 않고 술만 마시려고 하는 못된 버릇이 있었다. 며칠을 앉아 있지 못하고 사람과 지필묵이 몽땅 사라져버리곤 했다.

그런 짓이 몇 번 거듭되자 이제는 책을 베끼라고 시키는 사람도 없게 되었다. 그러자 그는 하는 수 없이 가끔 남의 물건을 훔치는 짓을 하게 되었다. 하지만 적어도 우리 술집 안에서만은, 그의 품행은 남들보다 나았다. 즉 결코 외상값을 질질 끌지 않았다. 어쩌다 현금이 없어 잠시 칠판에 적히는 수도 있었지만 한 달도 못 가 깨끗이 갚고는 자신의 이름을 지워버리곤 했기 때문이다.

그는 술 한 사발을 들이켰다. 붉게 취한 얼굴이 점차 원래 상태로 돌아오자 옆에 있던 사람이 또 물었다.

"콩이지, 자네 정말 글자를 아나?"

콩이지는 그 사람을 쳐다본다. 대꾸조차 하기 싫다는 표정이 역력하다. 그러자 그들은 계속해서 말했다.

"어떻게 했길래 반쪽짜리 수재도 못 땄나?"

순간 콩이지는 무기력하고도 불안한 모습을 감추지 못했으며 얼굴은 잿빛으로 변했다. 뭔가 중얼거렸지만 온통 허황된 말뿐이라 알아들을 수도 없었다. 그러자 사람들은 폭소를 터뜨리기 시작했고 술집 안팎은 또다시 쾌활한 분위기가 넘쳐흘렀다.

이때쯤에는 내가 함께 웃어도 짱꿰이는 결코 탓하지 않았다. 뿐만 아니라 짱꿰이 자신도 콩이지만 보면 그런 식으로 물어 남들을 웃기곤 했다. 콩이지는 그자들과 이야기할 수 없다는 사실을 알고는 어린 애들과 말하곤 했다.

한번은 그가 나에게 물었다.

"너 책 읽어본 적 있니?"

나는 시큰둥하게 머리를 끄덕였다. 그러자 그가 또 물었다.

"책을 읽었다? 그럼 어디 한번 시험해볼까? 회이샹또우의 회이(茴) 자를 어떻게 쓰지?"

'구걸이나 하는 주제에 나를 시험하다니.'

나는 얼른 고개를 돌린 채 거들떠보지도 않았다. 그러자 콩이지는 한참이나 기다렸다가 간절한 말투로 다시 물었다.

"쓸 줄 모르지? 내가 가르쳐주마. 잘 기억해야 돼! 이런 글자는 반드시 알아두어야 하는 법이야. 나중에 네가 짱꿰이라도 되면 장부에 적어야 할 필요가 있을 테니까 말이지."

나는 곰곰 생각해보았다. 짱꿰이라. 내겐 얼마나 아득한 계급인 가? 그리고 우리 짱꿰이로 말할 것 같으면 한 번도 회이샹또우를 장 부에 올리는 것을 본 적이 없다. 나는 우스꽝스럽기도 하고 귀찮기도 해서 내키지 않는다는 듯이 대답했다.

"누가 가르쳐달랬나요? 초두(艹) 밑에 돌아올 회(回) 자잖아요!"

그러자 그는 매우 신이 난 듯 길다란 두 손톱으로 계산대를 두드 리면서 고개를 끄덕였다.

"맞아! 맞아! 돌아올 회(回) 자는 네 가지 필법*이 있지. 알고 있니?"

나는 더욱 귀찮아져서 입을 삐죽거리며 멀리 가버렸다. 콩이지는

---

* 자서(字書)에서는 돌아올 회(回) 자의 필법은 回, 外 '冂' 內 '巳' '面', 의 下部, 外 '口' 內 '目' 등이라고 나와 있다.

손톱에다 술을 찍어 계산대에 쓰려다 말고 내가 시큰둥한 반응을 보이자 아쉬워 못 견디겠다는 듯 한숨을 푹 내쉬었다.

이런 일도 여러 번 있었다. 즉 왁자지껄한 웃음소리를 듣고는 옆집 아이들이 우르르 몰려들어 콩이지를 둘러싼다. 그러면 그는 아이들에게 한 개씩 회이샹또우를 나누어 주었다. 그런데 아이들은 다 먹고 나서도 가지 않고 접시만 쳐다보았다. 그러자 콩이지는 당황하여 얼른 다섯 손가락으로 접시를 덮고는 허리를 굽힌 채 말했다.

"얼마 남지 않았어. 남은 게 얼마 없단 말이야."

몸을 일으키고는 다시 한번 회이샹또우를 쳐다보고는 머리를 설레설레 흔들었다.

"얼마 없다! 얼마 없어!"

그러자 아이들은 웃으면서 밖으로 몰려나갔다.

이처럼 그는 남을 쾌활하게 웃기곤 했다. 그러나 그가 없어도 남들은 그렇게 지냈다. 하루는, 아마도 추석 2, 3일 전이었던 것 같다. 쌍꿰이는 천천히 외상 정리를 하고 있었다. 칠판을 내려놓더니 갑자기 말했다.

"콩이지가 오랫동안 오지 않는군. 외상값이 19전이나 있는데!"

그러고 보니 나도 오랫동안 그를 보지 못한 것 같았다. 그러자 술을 마시고 있던 자가 말했다.

"올 수 있나? 얻어맞아 다리가 부러졌는데."

"뭣이?"

쌍꿰이가 말했다.

"옛날처럼 또 훔쳤나 봐. 이번에는 정말 미쳤지, 거인 나리 댁을 털다니. 그 집 물건을 훔칠 수 있을 것 같애?"

"그래서 그 뒤에 어떻게 되었지?"

"어떻게 되긴 어떻게 돼? 우선 자술서부터 쓰고 호되게 얻어맞았지. 밤늦게까지 실컷 두들겨맞다가 다리까지 부러지고 말았다네."

"그 뒤에는!"

"그 뒤에는 다리가 부러졌다니까!"

"다리가 부러진 다음에는 어떻게 됐냐고?"

"어떻게 되다니? 누가 알어? 죽었을지도 모르고."

그러자 짱꿰이도 더는 묻지 않고 하던 계산을 천천히 계속했다.

추석도 지나고 가을 바람이 날로 서늘해지고 있었다. 보아하니 머지않아 초겨울이 닥칠 것 같았다. 나는 이날 하루 종일 화로 곁에 앉아 있었다. 이제는 솜 두루마기라도 입어야 할 판이었다. 이날따라 반나절이 넘도록 손님이 하나도 없었다. 나는 눈을 지긋이 감은 채 앉아 있었다.

그때였다. 갑자기 인기척이 들려왔다.

"술 한 사발 데워주쇼!"

착 가라앉은 목소리였지만 매우 귀에 익은 목소리이기도 했다. 순간 벌떡 일어나서 보았지만 아무도 없었다. 밖을 내다보는데 콩이지가 계산대 밑에서 문간 쪽을 향한 채 앉아 있는 것이 아닌가. 얼굴은 검고 깡말라 꼴이 말이 아니었다. 다 해진 홑옷을 걸치고 두 다리를 꼰 채 엉덩이에는 거적을 깔고 앉아 새끼줄로 연결해 어깨에 걸치고 있었다. 그는 나를 보더니 다시 말했다.

"술 한 사발 데워줘!"

그러자 짱꿰이가 목을 삐죽이 내밀면서 말했다.

"아니 콩이지 아닌가? 아직 외상값이 19전이나 남아 있다고."

콩이지는 무기력하게 올려다보면서 대답했다.

"저…… 다음에 갚겠소. 이번은 현금이니 술이나 좀 줘요!"

짱꿰이는 옛날과 다름없이 웃으면서 말했다.

"콩이지, 듣자하니 또 물건을 훔쳤다면서?"

하지만 그는 이번에는 항변하려 들지 않고 한마디만 했다.

"놀리지 마쇼!"

"놀리다니? 훔치지 않았다면 다리는 왜 부러졌나?"

그러자 콩이지는 나지막하게 말했다.

"넘어져서 부러졌다고요! 너, 너, 넘어져서…….'"

이제 그 일에 대해서는 더 입에 올리지 말라는 듯 간청하는 눈빛이었다. 이때는 이미 몇 사람이 모여 있었다. 그들은 짱꿰이와 함께 웃어댔다.

나는 술을 데워가지고 문간에 갖다 놓았다. 그는 다 해진 주머니에서 4문이라는 거금을 꺼내더니 내 손에 올려놓았다. 손은 온통 흙투성이였다. 그 손으로 걸어온 것이다.

얼마 지나지 않아 술을 다 마시고는 남들의 웃음소리 속에서 앉은 채로 그는 그 손을 사용하여 천천히 나가버렸다. 그 뒤로 또다시 오랫동안 그를 보지 못했다. 연말이 되자 짱꿰이가 칠판을 내리면서 말했다.

"콩이지 녀석 외상값이 아직도 19전이나 남았는데!"

이듬해 단오절이 되자 또 짱꿰이가 말했다.

"콩이지 녀석 외상값이 아직도 19전이나 남았는데!"

하지만 추석이 되자 이제 그런 말은 하지 않았다. 또다시 연말이 되었건만 그를 보지는 못했다. 나는 지금까지도 끝내 그를 보지 못했다. 콩이지는 틀림없이 죽었을 것이다.

1919년 3월

약*

1

가을의 새벽, 달은 졌으나 해는 아직 떠오르지 않아 검푸른 하늘만이 외로웠다. 밤에 움직이는 것들만 제외한다면 모든 것이 잠든 그런 새벽이었다. 화라오촨(華老栓)은 벌떡 일어나 앉아 성냥을 그었다. 온통 기름기가 배어 있는 등잔에 불을 붙이자 차관(茶館)의 두 칸

---

* 〈약(藥)〉은 1919년 5월 《신청년》 제6권 제5호에 처음 발표되었다. 본문 중의 샤위(夏瑜)란 이름은 청말의 혁명가였던 쵸우진(秋瑾)에서 따왔다. 그는 쉬시린(청말의 혁명가)이 처형된 뒤 얼마 안 되어 역시 만청(滿淸)에게 잡혀 피살되었다. 거사 지점은 사오싱의 쉬엔팅코우(軒亭口)였다. 이곳은 사오싱 성내의 거리로 앞에 패루(牌樓)가 있는데 그 편액에 '꾸쉬엔팅코우(古軒亭口)'라고 쓰여 있다.

짜리 방에 청백색의 빛이 가득 찼다.

"샤오솬(小栓) 아범, 지금 가시게요?"

한 여자의 목소리가 들려왔다. 안에 있는 조그만 방에서도 기침 소리가 들려왔다.

"음!"

라오솬은 여자의 말에 귀를 기울이고 대답을 하면서도 한편으로는 옷의 단추를 잠갔다. 그러면서 손을 불쑥 내밀면서 말했다.

"그걸 주시오."

화따마(華大)는 베개 밑에서 무엇인가 한참을 뒤지더니 이윽고 은전 한 꾸러미를 꺼내 라오솬에게 건네주었다. 은전을 받아 든 그는 털어넣듯 주머니에 채우고는 두 번이나 꾹꾹 눌렀다. 곧 이어 초롱에 불을 붙이면서 등잔불을 불어서 끈 뒤 안방을 향해 걸어갔다.

안방에서는 뒤치락거리는 소리가 들리더니 곧 이어 한바탕 기침 소리가 들려왔다. 라오솬은 기침 소리가 좀 진정되기를 기다렸다가 이윽고 나지막한 목소리로 말했다.

"샤오솬아, 일어나지 말아라. 가게는 어떻게 되냐구? 그건 너의 엄마가 알아서 잘하실 거야."

아들이 더는 말을 하지 않자 이제 안심하고 자려니 여기고는 곧 문을 나와 거리로 들어섰다.

어두컴컴한 거리에는 아무것도 없이 오직 회백색의 길만이 뚜렷이 보일 뿐이었다. 초롱불이 그의 두 다리를 비추었다. 다리는 앞서거니 뒤서거니 하면서 걸어갔다. 때로 몇 마리의 개도 만났지만 한 놈도 짖어대지는 않았다. 날씨는 방 안보다 훨씬 더 쌀쌀했다. 그러나 그는 오히려 상쾌한 기분을 느낄 수 있었다. 마치 자신이 하루아침에 소년으로 변모하여 신통한 힘을 얻어 남에게 생명을 불어넣는 재주라도 생긴 것만 같았다. 성큼성큼 내딛는 발걸음이 더욱 의기양양했다. 게다가 길은 갈수록 뚜렷하게 시야에 들어왔고 하늘 역시 밝아지기만 했다.

라오촨은 열심히 길만 걷고 있었다. 그러다 갑자기 소스라치게 놀라고 말았다. 멀찌감치 고무레 정(丁) 자 형의 길이 허옇게 가로 누워 있었다. 그는 얼른 뒤로 몇 발짝 물러나 아직 문이 닫혀 있는 점포 하나를 찾아내고는 비틀거리며 처마 밑으로 들어가 문에 기대어 섰다. 한참이 지나니 온몸이 서늘해졌다.

"흥, 영감쟁이로구먼!"

"오히려 더 잘됐지 뭘."

라오촨은 또 한 번 소스라치게 놀랐다. 눈을 똑바로 뜨고 보니 몇 사람이 자기 앞을 지나가는 것이 보였다. 그중의 한 사람이 머리를 돌리더니 자신을 쳐다보았다. 모습은 똑똑히 볼 수 없었지만 오랫동안 굶주린 자가 먹을 것을 본 것처럼 눈에서는 무엇인가 확 움켜쥘 것만 같은 빛이 번뜩였다.

라오촨은 자신이 들고 있던 초롱을 들어보았다. 불은 이미 꺼지고 없었다. 주머니를 슬쩍 눌러보니 딱딱한 것이 그대로 있었다. 그는 고개를 들어 좌우를 둘러보았다. 이상한 사람들이 두세 명씩 무리를 지어 마치 귀신처럼 배회하고 있는 모습만 눈에 들어올 뿐이었다. 그는 시선을 집중하여 다시 한번 자세히 쳐다보았다. 하지만 그 밖에 다른 기이한 점은 발견할 수 없었다.

얼마 지나지 않아 몇 명의 병졸이 저쪽에서 오고 있는 것이 보였다. 옷의 앞과 뒤에는 커다란 흰 원이 그려져 있었는데 멀리서도 똑똑히 볼 수 있었다. 그리고 맨 앞에 서서 오는 자는 옷에다 암홍색의 테를 두르고 있는 것도 보였다. 한바탕 발소리가 들리는가 싶더니 눈깜짝할 사이에 한 떼거리의 사람이 몰려들었고 아까 두세 명씩 짝지어 있던 자들마저 순식간에 이들과 합쳐져 마치 조수(潮水)가 밀려오듯 앞으로 나왔다. '정' 자 형의 길 입구까지 오자 그들은 갑자기 걸음을 멈추고 우르르 몰려들어 반원형으로 둘러섰다.

라오솬도 그곳을 쳐다보았지만 둘러선 사람들의 등만 보일 뿐이었다. 마치 수많은 오리떼가 보이지 않는 손으로 목이 나꿔채인 듯 다들 목을 길게 빼고 앞을 향해 있었다. 잠시 죽음 같은 정적이 흐르고 나서 무슨 소리가 들리는 것 같더니 이내 그들은 움직이기 시작했다. '펑!'하는 소리와 함께 다들 뒤로 물러나 라오솬이 서 있는 곳까지 흩어졌다. 하마터면 밀려 넘어질 뻔했다.

"이봐, 돈 내고 가져가!"

온통 새까만 옷을 입은 자가 라오솬의 눈 앞에 우뚝 섰다. 비수 처럼 날카로운 눈빛이 찌를 듯이 라오솬을 쳐다봤다. 그는 두려운 나머지 몸을 바짝 움츠렸다. 그자는 굵직한 손바닥을 내밀었는데 나머지 손으로는 시뻘건 만두 한 개를 움켜쥐고 있었다.* 만두에서는 아직도 붉은 방울이 뚝뚝 떨어지고 있었다.

---

* 옛날 중국의 민간에는 사람의 피가 폐병에 좋다는 일종의 미신이 있었다. 따라서 범인이 처형되면 집행인에게 사람의 피를 바른 만두를 사곤 했다.

라오솬은 황급히 은전을 꺼내 떨리는 손으로나마 건네줄 참이었지만 도저히 그것을 받아줄 수는 없었다. 그자는 조바심이 났는지 큰소리로 외쳤다.

"뭐가 무서워! 왜 안 가져가려는 거야!"

그래도 라오솬은 주저하고 있었다. 그러자 검은 사람은 그의 초롱을 낚아채더니 초롱을 싸고 있던 종이를 주욱 찢어 만두를 싸가지고 틀어막듯 쥐어주었다. 그리고 나서 은전을 낚아채더니 휙 하고 몸을 돌려 가버렸다. 입으로는 연신 뭐라고 중얼거렸다.

"이 영감쟁이가……."

"이걸로 누구의 병을 고치려고 그러는 거요?"

다들 그렇게 묻는 것 같았지만 라오솬은 아무런 대답도 하지 않았다. 지금 그의 생각은 온통 그 꾸러미에만 쏠려 있었다. 마치 10대 독자라도 안고 있는 듯 다른 일에는 관심이 전혀 없었다. 이제 그 꾸러미 속의 새 생명을 자기 집에 이식하여 엄청난 행복을 거둘 생각뿐이었다.

이제는 태양도 떠올랐다. 앞에는 대로가 훤하게 뚫려 곧장 집까지 뻗어 있었고 등 뒤에는 삼거리 입구에 걸린 낡은 편액에 '꾸○팅코우'*란 네 글자가 거무튀튀한 황금빛으로 빛나고 있었다.

---

* 古○亭口, 한 글자가 빠져 있다는 뜻이다.(옮긴이 주)

2

라오솬은 집으로 왔다. 가게는 벌써 깨끗이 정리되어 있었다. 줄
지어진 차 탁자는 번쩍번쩍 빛나고 있었다. 그러나 손님은 하나도 없
었고 샤오솬만이 안쪽 줄 탁자에 앉아 밥을 먹고 있었다. 굵은 땀방
울이 이마에서 흘러내렸고 겹저고리마저 등에 찰싹 달라붙어 있었
다. 그래서인지 어깻죽지의 두 뼈가 툭 불거져나와 여덟 팔 (八) 자를
새기고 있었다.

아들의 초라한 꼴에 라오솬은 가슴이 아파 눈살을 찌푸렸다. 마
누라가 부엌에서 황급히 뛰쳐나왔다. 크게 뜬 눈에 입술은 파르르 떨
리고 있었다.

"구했나요?"

"구했소."

두 사람은 함께 부엌으로 들어가더니 한참을 상의했다. 이윽고 화
따마가 나가더니 얼마 지나지 않아 묵은 연잎 한 장을 갖고 와 탁자
위에 폈다. 그러자 라오솬은 초롱 껍질을 펴 붉은 만두를 꺼내 다시
연잎으로 쌌다. 샤오솬이 식사를 마치자 그의 어머니가 황급히 말
했다.

"샤오솬, 너는 그곳에 앉아 있거라. 이리 오지 말고."

그러면서 아궁이를 지폈다. 라오솬은 청록색 꾸러미와 붉고 희게
얼룩져 망가진 초롱을 한꺼번에 아궁이에 처넣었다. 검붉은 불꽃이
활활 타오르자 가게 안은 이상한 냄새로 가득 찼다.

"음! 냄새 좋은데! 무슨 간식을 먹고 있는 거지!"

곱추 우사오예(五少爺)가 왔다. 그는 매일같이 차관에서 소일하는 자로서 제일 일찍 와서는 맨 마지막으로 가곤 했다. 마침 거리에 연해 있는 구석의 탁자에 비틀거리며 가 앉더니 그렇게 물었다. 그러나 아무도 대꾸하지 않았다.

"쌀죽을 끓이고 있나 보지?"

여전히 대꾸하는 자가 없었다. 라오솬이 급히 나가더니 그에게 찻물을 부어주었다.

"샤오솬, 들어오너라!"

화따마가 그를 안방으로 불러들였다. 샤오솬은 방 가운데에 놓인 긴 의자에 앉았다. 그러자 그의 어머니가 새까맣고 둥근 뭔가를 접시에 담아와 조용히 말했다.

"먹어라, 병이 곧 나을 거야."

샤오솬은 검은 것을 움켜쥐고는 쳐다보았다. 마치 자신의 생명이라도 쥔듯 알 수 없는 기묘한 느낌이었다. 그는 그 검은 것을 조심스럽게 쪼개보았다. 검게 탄 껍질 안에서 흰 김이 솟아났다. 이윽고 김이 다 빠져나갔다. 알고 보니 그것은 흰 가루로 빚은 토막 난 두 개의 만두였다. 오래 머뭇거리지 않고 그는 모두 먹어치웠다. 아무 맛도 느껴지지 않았다. 눈 앞에는 빈 접시 한 개만 놓여 있을 뿐이었다.

그의 양쪽에는 아버지와 어머니가 서 있었다. 두 사람의 눈빛은 마치 샤오솬의 몸 속에 무엇인가를 처넣었다가 다시 꺼내려는 것 같았다. 샤오솬도 심장이 마구 뛰기 시작했다. 가슴을 움켜쥔 채 또다시 한바탕 기침을 했다.

"좀 자거라. 그러면 나아질 테니."

샤오솬은 어머니의 말대로 콜록이면서 잠에 떨어졌다. 화따마는 그의 기침이 그칠 때까지 기다리고 있다가 겹겹이 기운 겹이불을 살 며시 덮어주었다.

3

가게에는 많은 손님이 앉아 있었던 만큼 라오솬은 바빴다. 커다란 구리 주전자를 들고 한줄한줄 손님들에게 찻물을 따라주고 있었다. 그의 두 눈 언저리에는 검은 줄이 쳐져 있었다.

"라오솬, 어디가 불편한가 보지? 병이라도 난 것 아닌가?"

흰 수염을 한 자가 말했다.

"아닙니다."

"아니라고? 하긴 싱글벙글하는 폼이 아닌 것 같기도 했네만……."

흰 수염의 영감은 이내 자신의 말을 거두었다.

"라오솬은 바쁠 뿐이야. 만일 자기 아들이……."

곱추 우사오예의 말이 미처 끝나기도 전에 얼굴에 군살이 덕지덕지 붙은 자가 난데없이 들이닥쳤다. 검은 옷을 걸치고 있었으며 단추는 온통 풀어헤친 채 널따란 검은 허리띠를 아무렇게나 허리에 매고 있었다. 그는 들이닥치자마자 라오솬에게 묻기부터 했다.

"먹었소? 좋아졌소? 라오솬, 당신 정말 운이 좋았어. 만일 내가 소식에 정통하지 못했더라면……."

라오솬은 한 손에는 차주전자를 들고 또 한 손은 공손히 내려뜨

130

린 채 싱글벙글하는 낯으로 그의 말을 듣고 있었다. 자리 가득 앉았던 사람들도 다들 공손히 듣고 있었다. 화따마도 검은 빛을 띤 눈가에 웃음을 흘리면서 찻잔과 찻감을 날라왔다. 게다가 올리브 열매까지 덧붙이자 라오촨이 얼른 찻물을 부어주었다.

"이번엔 절대로 보장하지. 이번엔 보통 것과 다르니까. 생각해보시오. 뜨끈뜨끈한 걸로 가져와 뜨거울 때 먹었을 테니."

군살이 덕지덕지 붙은 그자는 마구 지껄여댔다.

"정말일 거예요. 만일 캉따수(康大叔)께서 신경 써주시지 않았다면 어떻게 지금……."

화따마는 매우 감격하여 사의를 표했다.

"보장해요, 보장해! 그렇게 뜨거운 걸 먹었으니. 사람 피로 빚은 만두는 어떤 폐병에도 특효라고."

'폐병'이란 말에 화따마의 안색이 바뀌었다. 그다지 기분이 좋지는 않은 것 같았다. 하지만 그녀는 즉시 웃는 낯으로 바꾸고는 아무렇지도 않다는 듯 가버렸다. 캉따수는 눈치도 못 채고 계속 목청을 돋워가면서 떠들어댔다. 얼마나 떠들어댔는지 안에서 자고 있던 샤오촨도 깨어 일어나 다시 콜록콜록 기침을 하기 시작했다.

"알고 보니 샤오촨이 운수대통했군그래. 병은 틀림없이 다 나을 테니 두고 보게. 그렇잖아도 왠지 자네가 온종일 싱글벙글한다 했더니……."

흰 수염의 영감은 연신 말하면서 캉따수 쪽으로 걸어가더니 나지막한 목소리로 물었다.

"여보게 캉따수. 오늘 처형한 범인은 샤(夏)가(家)의 아들이라던데.

누구 아들이지? 도대체 무슨 일이 있었길래?"

"누구 아들은요? 샤 씨의 넷째 아줌마 아들이잖아요. 그놈의 후레자식!"

다들 귀를 쫑긋 세우고 듣자 그는 신이 났다. 이젠 군살을 실룩거리면서 더 큰 소리로 말했다.

"그놈의 자식, 제놈이야 살기 싫었으니까 그만이라 쳐도 나는 이번에 손톱만큼도 덕본 게 없어요. 벗겨낸 옷가지마저 간수인 토끼 눈의 아이(阿義)가 갖고 가버린걸요. 그러니 첫째는, 우리의 라오촨이 운수가 좋았던 거고, 둘째는, 샤 씨네 셋째 아들이죠. 상금 스물닷냥의 백설 같은 은(銀)을 고스란히 챙겼거든요. 한 푼도 쓰지 않고."

샤오촨이 천천히 방에서 걸어나왔다. 두 손으로 가슴을 누르고는 연신 기침을 했다. 부엌으로 나와 싸늘하게 식은 밥을 한 그릇 푸더니 뜨거운 물에 말아서 먹었다. 화따마도 뒤따라 나와 조용히 물었다.

"샤오촨, 좀 낫지 않았니? 여전히 배가 고픈 모양이지?"

"보장해요, 보장해!"

캉따수는 샤오촨을 향해 눈을 찔끔거리더니 여전히 고개를 돌려 여러 사람에게 말했다.

"샤 씨 집 셋째 아들은 정말 빈틈없는 사람이야. 만일 이번에 관 가에 고발부터 하지 않았다면 일족이 참수형을 당했을지도 몰라. 그런데 지금은 어떤가? 은을! 그놈의 후레자식은 정말 인간 같지도 않았단 말이야. 감옥에 갇혀서도 간수를 부추겨 모반을 꾀했으니."

"아니, 그럴 수가."

뒷줄에 앉아 있던 스무 살 남짓 된 청년이 분통을 터뜨리는 것 같았다.

"다들 똑똑히 들어두시오. 아이가 녀석을 심문하러 갔는데 글쎄 놈은 도리어 한바탕 훈시를 했다지 않소. 녀석 하는 말이 대청(大淸) 제국의 천하는 우리 모두의 것이라고 했다나. 생각해보시오. 그게 사람으로서 지껄일 수 있는 말인가. 토끼 눈 아이도 놈의 집구석에 늙은 할미 하나만 있는 줄은 알고 있었지만 그토록 찌든 살림일 줄이야 꿈엔들 생각했겠소? 비틀어도 기름 한 방울 나지 않을 판이었으니 화가 머리끝까지 치밀었지. 게다가 호랑이 수염을 슬슬 긁어놓았으니 홧김에 따귀를 두 차례 후려쳤지!"

"아이의 주먹은 보통이 아니거든. 두 방만으로도 얼얼했을걸."

모퉁이에 있던 곱추가 갑자기 신바람이 났다.

"그런데 그 개뼈다귀 같은 놈은 맞고서도 겁을 먹기는커녕 아이에게 오히려 가련하다고 했다나?"

그러자 흰 수염 영감이 말했다.

"그딴 놈을 족치는데 뭐가 가련해, 가련하기는?"

캉따수는 어이가 없다는 듯 냉소를 지으면서 말했다.

"내 말을 똑똑히 듣지 못하셨군. 그놈의 우쭐대는 폼이 마치 아이가 가련하다는 투였다니까!"

순간 이야기를 듣고 있던 사람들의 표정이 굳어졌다. 캉따수도 이야기를 멈췄다. 샤오솬은 이미 식사를 끝내고 있었다. 먹느라고 땀을 흠뻑 흘렸는지 머리에는 김이 모락모락 피어올랐다.

"아이가 가련하다니…… 미친 소리지. 이젠 숫제 미쳤군그래."

흰 수염 영감은 불현듯 뭔가 깨달은 듯한 투로 말했다.

"미쳤어, 미쳐!"

스무 살 남짓한 청년도 역시 뭔가 깨달았다는 듯이 말했다.

차관의 손님들은 활기를 띠면서 말하기 시작했다. 샤오솬도 왁자지껄한 틈을 타 죽으라고 기침을 해댔다. 캉따수가 그에게 다가가 어깨를 두드리면서 말했다.

"틀림없이 나을 거다! 샤오솬. 그렇게 기침하면 안 돼, 염려 마라!"

"미쳤군!"

곱추 우사오예가 고개를 끄덕이며 말했다.

4

서쪽 성문 밖, 성을 끼고 있는 땅은 원래 관가의 땅이었다. 가운데 구불구불 나 있는 길은 지름길을 좋아하는 자들이 발자국을 내어 생긴 길이었는데 이제는 그것이 자연적인 경계가 되고 말았다.

길의 왼쪽에는 처형되거나 옥사한 자들이 묻혀 있고 오른쪽에는 가난한 자들의 무덤이 있다. 양쪽은 이미 무덤으로 빽빽이 들어차 마치 대가집 축수(祝壽) 잔치 때의 만두처럼 보였다.

이해 청명절(淸明節)은 유난히도 추웠다. 버드나무에는 갓 솟아난 버들강아지가 쌀알 반 톨만큼 돋아나 있었다. 날이 밝은 지 얼마되지 않을 때였다. 화따마는 어느새 오른쪽의 새 무덤가에 앉아 있었다.

반찬 접시와 밥 한 그릇을 차려놓고 한바탕 곡을 했다. 지전*도 다 태웠건만 넋 잃은 사람처럼 계속 멍하니 앉 아 있다. 마치 무엇인가를 기다리는 듯한 표정이었지만 그것이 무 엇인지는 그녀도 몰랐다. 산들바람이 솔솔 불어와 그녀의 머리칼 을 쓰다듬었다. 확실히 작년보다 흰 머리가 더 많아졌다.

소로(小路)에는 또 한 여자가 오고 있었다. 그녀 역시 반백의 머리였으며 남루한 옷을 입고 있었다. 붉은 칠을 한 다 망가진 둥근 광주리를 들고 한 꾸러미의 지전을 밖으로 늘어뜨린 채 서너 발짝 걷다 한 번 쉬면서 힘겹게 오고 있었다. 뜻밖에도 화따마가 땅에 주저앉아 자신을 보고 있다는 것을 알고는 잠시 주춤거리면서 창백한 얼굴에 약간 부끄러운 기색을 띠었다. 하지만 끝내는 부끄러움을 무릅쓰고 왼쪽의 무덤으로 다가가더니 광주리를 내려놓았다.

그 무덤은 샤오촨의 무덤과 소로를 사이에 두고 나란히 있었다. 그녀 역시 찬거리 네 접시와 밥 한 그릇을 진열한 다음 선 채로 한바탕 곡을 하고 나서 지전까지 태웠다. 이 광경을 지켜보고 난 화따마는 곰곰 생각했다.

'저 무덤도 아들의 것이겠지.'

여인은 무덤 주위를 배회하면서 사방을 둘러보더니 갑자기 손발을 떨기 시작했다. 그리고는 비틀거리면서 몇 발짝 뒷걸음질을 치고 나서 눈이 휘둥그레진 채 넋을 잃고 있었다.

---

* 紙錢, 중국 사람들은 제사를 올릴 때 돈처럼 잘라 놓은 노란 종이를 태우는 풍습이 있다.(옮긴이 주)

그 모습을 본 화따마는 행여 그녀가 상심한 나머지 미쳐버리지나 않을까 걱정이 되어 얼른 몸을 일으켜 성큼 소로를 가로질러 건너갔다. 그리고는 조용히 말했다.

"할머니, 너무 상심하지 마세요. 함께 돌아갑시다."

그녀는 고개를 끄덕였지만 눈은 여전히 위로 치켜뜨고 있었다. 그녀 역시 작은 목소리로 더듬거리듯 말했다.

"보시오, 이게 뭐지요?"

화따마는 그녀가 가리키는 곳을 쳐다보았다. 눈길은 바로 앞의 무덤에서 멈췄다. 풀뿌리가 아직 완전히 내리지 않은 무덤에는 군데군데 황토가 드러나 얼핏 보면 흉하기까지 했다. 다시 무덤 위를 훑어보려는 순간 자신도 모르는 사이 깜짝 놀라고 말았다. 불룩 솟은 무덤의 봉분 주위에 붉은 꽃과 흰 꽃이 둘러져 있지 않은가?

두 여인의 눈은 노화한 지 오래 되었다. 하지만 그 꽃들만은 분명히 볼 수 있었다. 꽃은 그리 많지는 않았다. 동그랗게 원을 그리면서 놓여진 꽃들은 그다지 싱싱하지는 않았지만 매우 가지런했다.

화따마는 얼른 아들과 다른 사람의 무덤을 쳐다보았다. 오직 추위에도 아랑곳하지 않는 작은 흰 꽃들만이 몇 송이 외롭게 피어 있을 뿐이었다. 불현듯 그녀는 부족하고 허전하다는 느낌이 들었다. 그러나 그 원인을 캐고 싶지는 않았다.

할머니는 다시 몇 걸음 다가와 자세히 살펴본 다음 혼자 중얼거렸다.

"뿌리가 없는걸보니 스스로 핀 꽃 같지는 않은데…… 누가 이 곳에 왔었단 말인가? 아이들이 와서 놀 리는 없을 테고. 친척이나 집안에서도 일찌감치 발을 끊었는데…… 어찌 된 노릇이지?"

한참을 생각하더니 할머니는 별안간 눈물을 흘리면서 큰 소리로 말했다.

"위얼(瑜兒)아! 그들은 너를 너무도 억울하게 죽였다. 너는 아직도 잊지 못하겠지. 상심한 나머지 오늘 이렇게 특별히 신령(神靈)을 나타내서 이 에미에게 알리려는 거지?"

그리고는 사방을 둘러보았다. 까마귀 한 마리가 앙상한 나뭇가지에 앉아 있을 뿐이었다. 할머니는 말을 이었다.

"난 안다. 위얼아, 불쌍하게도 놈들은 너를 생매장했단다. 놈들은 장차 벌을 받을 것이야. 하느님도 잘 알고 계신다. 그러니 너는 눈이나 고이 감거라. 네가 진정 여기에 있고 또 이 에미 말을 듣는다면 저 까마귀를 불러 네 무덤 위를 날게 해 보이렴."

벌써부터 미풍은 잠들고 있었다. 마른 풀은 구리 철사처럼 꼿꼿하게 서 있다. 무엇인가 파르르 떨리는 소리가 바람을 타고 들려왔다. 그 소리는 갈수록 심하게 떨리면서 가늘게 들리더니 결국에는 사라져버렸다. 주위에는 죽음 같은 정적만 흐르고 있을 뿐이었다. 두 사람도 마른 풀밭에 서서 까마귀를 올려다보았다. 까마귀 역시 곧게 뻗은 나뭇가지 사이에서 머리를 움츠린 채 쇳덩어리처럼 꼼짝 않고 앉아 있었다.

많은 시간이 지나갔다. 무덤을 찾는 사람들이 점점 늘어갔다. 몇 사람의 늙은이와 어린이들이 흙무덤 사이를 오락가락했다.

화따마는 무슨 까닭인지 알 수 없었다. 무거운 짐이라도 훌훌 벗어버린 듯한 느낌이었다. 그러자 곧 가고 싶어졌다. 그녀는 할머니에게 권했다.

"자, 그만 돌아갑시다."

할머니는 한숨을 내쉬면서 맥없이 밥과 반찬을 거두어들였다. 그러고 나서 또다시 잠시 동안 멍하니 있다가 마침내 천천히 발걸음을 옮기기 시작했다. 입 속으로 혼잣말을 중얼거리면서.

"어찌 된 노릇이람!"

그들이 2, 30보도 채 못 가서였다. 별안간 등 뒤에서 '까악' 하는 소리가 들려왔다. 두 사람은 섬뜩해서 고개를 돌려보았다. 아까 그 까마귀가 두 날개를 활짝 펴고는 몸을 한 번 퍼덕이더니 먼 하늘을 향해 쏜살같이 날아가고 있었다.

1919년 4월

내일*

"어! 아무 소리도 없잖아? 그 아들놈이 어떻게 된 것 아니야?"

딸기코 라오꽁(老拱)이 손에 황주 한 사발을 받쳐든 채 옆 집을 향해 입을 삐죽거렸다. 그러자 푸른 낯짝의 아우(阿五)가 술사발을 내려놓더니 그의 등줄기를 힘껏 내리치면서 얼버무리듯 냅다 소리를 질렀다.

"너, 너 이놈 또 엉큼한 생각을 하고 있구나!"

원래 루쩐은 외진 곳이라 옛 풍습이 아직도 조금은 남아 있었다.

---

*   〈내일(明天)〉은 1919년 10월 월간《신조(新潮)》제2권 제1호에 처음 발표되었다. 작품 끝에 1920년 6월이라 기록되어 있어 발표 날짜와 다른 까닭은 당시의 잡지가 가끔 발행되지 않는 수가 있었기 때문이다. 따라서 실제의 출판 날짜는 늘 잡지상의 날짜보다 늦었다.

즉 1경*도 못 돼 다들 문을 걸어 잠근 채 자버리는 풍습이다. 그러나 밤이 이슥하도록 자지 않는 집이 두 집 있었다. 한 집은 시엔홍 술집으로 술꾼들이 계산대에 빙 둘러앉아 신바람나게 먹고 마셔댔으며 또 한 집은 바로 옆에 있는 딴쓰(單四) 아줌마의 집이다. 그녀는 몇 년 전에 과부가 되어 손수 길쌈해서 세 살 난 아들과 함께 살아야 했으므로 늦게 잘 수밖에 없었다.

확실히 요 며칠간은 길쌈 소리가 들리지 않았다. 하지만 밤늦도록 안 자는 집은 그래도 그 두 집뿐이었으므로 딴쓰 아줌마 집에서 무슨 소리라도 나면 그것은 곧 라오꽁들에게 들렸고 소리가 없어도 이를 눈치채고 있는 자는 그들뿐이었다.

한 대 얻어맞고 난 라오꽁은 되려 후련하기라도 한 듯 술을 주욱 들이켜면서 노랫가락을 흥얼댔다.

바로 이때 딴쓰 아줌마는 아들 빠오얼(寶兒)을 안은 채 침대 가에 앉아 있었다. 물레는 아무 소리 없이 땅바닥에 놓여 있었으며 어둠침침한 등잔불이 빠오얼의 얼굴을 비춰주고 있었다. 불그스름한 가운데 약간 파리한 기를 띤 안색이었다.

딴쓰 아줌마는 궁리가 많았다. 점도 쳤고 축원도 했을 뿐 아니라 간단한 약방문도 받아 약을 달여 먹였건만 아직껏 효험이 없으니 어찌해야 좋단 말인가? 이제는 허샤오시엔(何小仙)에게 가서 진맥을 해보는 수밖에 없었다. 하지만 빠오얼의 증세는 낮에는 좋아졌다가 밤만 되면 심해지는 것 같기도 했다. 그러니 내일 해만 뜨면 열도 물러

---

* 一更, 오후 7시에서 9시까지(옮긴이 주)

갈 테고 기침 또한 가라앉을 것이다. 이것은 환자에게서 흔히 볼 수 있는 현상이니까.

딴쓰 아줌마는 우둔한 여자였다. 그래서 그녀는 '하지만'이란 말이 얼마나 무서운지를 모르고 있었다. 하긴 여태껏 보면 궂은 일도 그 말 한마디로 좋아진 경우가 적지 않았고 반대로 잘될 일도 그놈의 말 한마디로 망쳐버린 때가 많긴 했다.

여름 밤은 짧다. 라오꿍들이 노래를 부르고 난 뒤 얼마 되지 않아 동쪽 하늘이 허옇게 밝아오더니 이내 창 틈으로 은백색의 서광이 비쳐들기 시작했다.

딴쓰 아줌마는 날이 밝기만을 기다리고 있었다. 하지만 그것도 남들처럼 그렇게 쉽지 않았다. 너무 느린 것만 같았다. 빠오얼의 숨소리 한 번은 1년보다도 더 긴 것 같았다. 그러나 이제 날은 밝았다. 하늘 빛은 등불을 압도했다. 빠오얼의 콧잔등이 보였다. 숨 쉴 때마다 벌렁거리고 있었다.

딴쓰 아줌마는 뭔가 심상치 않음을 알 수 있었다. 자신도 모르는 사이에 '아이쿠!' 하는 비명 소리가 터져나왔다. 그녀는 또 궁리하기 시작했다. 어떻게 해야 좋단 말인가! 역시 허샤오시엔에게 가서 진맥을 해보는 수밖에 별 도리가 없었다. 비록 우둔한 여자이기는 했지만 그래도 결단성은 있었다. 벌떡 일어나 나무 궤짝 속에서 그동안 매일 몇 푼씩 모아두었던 조그마한 은전 13원과 동전 180원을 꺼내 주머니에 넣고는 문을 걸어 잠그고 빠오얼을 안은 채 곧장 허가를 향해 달렸다.

아직 이른 아침이었지만 허가에는 벌써 환자가 네 명이나 앉아 있었다. 은전 40전을 꺼내 진찰권을 샀다. 다섯 번째가 빠오얼의 차례였다.

허샤오시엔은 두 손가락으로 진맥을 했다. 손톱이 네 치는 넘을 것 같았다. 딴쓰 아줌마는 흠칫 놀랐다. 그러면서도 속으로는 생각하는 것이 있었다.

'빠오얼은 틀림없이 살 수 있을 거야.'

그래도 조급한 마음은 어쩔 수 없었다. 그녀는 참다 못해 불안한 목소리로 물었다.

"선생님, 우리 빠오얼이 무슨 병에 걸렸나요?"

"중초(中焦)*가 막혔소."

"그래도 괜찮겠지요? 그 애는……."

"우선 두 첩만 먹여보시오."

"숨도 할딱거리고 콧잔등도 벌렁거리는 걸요."

"그건 불이 쇠를 이기고 있기 때문이오."**

허샤오시엔은 고작 그 말 한마디만 하고는 눈을 지긋이 감았다. 그러자 딴쓰 아줌마도 더는 물을 엄두가 나지 않았다. 이때 허샤오시

---

* 옛날 중국의 의학에는 위상구(胃上口)와 위중원(胃中院), 방광상구(膀胱上口), 이 세 부분을 '수곡(水谷)의 길'이라 하여 3초(三焦, 즉 上焦, 中焦, 下焦)라고 불렀다. 중초는 곧 위중원(위의 가운데 부분)을 말한다.

** 고대 음양가의 5행(五行, 즉 金木水火土) 상생(相生) 상극(相剋)설. 상생이란 목생화(木生火), 토생금(土生金), 금생수(金生水) 따위이고 상극설은 목극토(木剋土), 토극수(土剋水), 화극금(火剋金) 등이다. 그 뒤 중국의 의학 역시 심장, 폐, 간장, 비장, 콩팥 등 오장을 각기 오행에 연관시키게 되었는데 '불이 쇠를 이긴다'라는 말은 화극금(火剋金)을 말한다.

144

엔 맞은편에 앉아 있던 서른 남짓한 자는 벌써 약방문을 다 써놓고 있었다. 그는 구석의 몇 글자를 가리키면서 말했다.

"이것은 일미보영활명환(一味保嬰活命丸)으로 쟈(賈) 씨네 제세노점(濟世老店)에만 있지요."

약방문을 받아 든 딴쓰 아줌마는 걸으면서도 곰곰이 생각했다. 비록 우둔한 여자이긴 했지만 허 씨 집과 제세노점, 그리고 자기 집은 마침 삼각형을 이루고 있기 때문에 약을 사 갖고 가는 게 좋다는 것쯤은 알고 있었다. 그래서 그녀는 곧장 제세노점으로 내달았다.

약방의 점원도 예의 그 긴 손톱을 편 채 천천히 약방문을 보고는 느릿느릿 약을 지어주었다. 딴쓰 아줌마는 빠오얼을 안고서 약이 다 되기만을 기다리고 있었다. 그때 빠오얼이 별안간 손을 쳐들더니 마구 헝클어진 그녀의 머리채를 힘껏 잡아당기는 게 아닌가. 여태 볼 수 없었던 행동이었기 때문에 딴쓰 아줌마는 덜컥 겁이 났다.

태양은 이미 떠올랐다. 딴쓰 아줌마는 아이를 안고 약을 챙겨넣었다. 걸을수록 무겁게 느껴졌다. 게다가 아이마저 발버둥을 치니 이날 따라 길이 한없이 멀게만 느껴졌다. 하는 수 없이 길 옆에 있는 어떤 집 문간에 앉아 잠시 쉬었다. 옷이 점차 얼어붙으면서 피부가 시려왔다. 그제서야 그녀는 자신이 땀을 흠뻑 흘린 걸 알 수 있었다. 그러나 빠오얼은 자고 있는 것 같았다.

그녀는 다시 일어나 천천히 걷기 시작했다. 하지만 여전히 다리는 휘청거렸다. 그때 별안간 사람의 목소리가 들려왔다.

"딴쓰 아줌마, 내가 좀 안아주겠소!"

푸른 낯의 아우 목소리인 것 같았다. 고개를 들어보니 과연 그자였다. 그는 게슴츠레한 눈으로 뒤따라오고 있었다.

마침 그때 그녀는 누군가 좀 도와주었으면 하고 간절히 바라던 참이었지만 아우는 원치 않았다. 그러나 아우는 객기를 부리면서 어쨌든 도와주겠노라며 막무가내였다. 따라서 그녀 역시 사양해보았지만 끝내는 허락하는 수밖에 없었다. 그는 팔을 쭉 뻗더니 딴쓰 아줌마의 유방과 아기 사이로 손을 쏙 집어넣고는 아기를 껴안았다. 순간 그녀의 유방이 짜릿해지면서 열기가 얼굴과 귀까지 솟아올랐다.

두 사람은 두어 자쯤 떨어져 걸었다. 아우가 뭔가 이야기했지만 그녀는 거의 대답도 하지 않았다. 얼마 안 가 아우는 아기를 되돌려주면서 어제 친구와 식사 약속을 했는데 시간이 다 되었노라고 했다. 딴쓰 아줌마는 아기를 돌려받았다. 다행히도 조금만 가면 집이었다. 바로 앞집에 사는 왕죠우마(王九媽)가 길가에 앉아 있는 것이 보였다. 그녀는 멀리서 말을 건넸다.

"딴쓰 아줌마, 애는 어때? 의사 선생님은 보았나?"

"보긴 보았지요, 왕죠우마. 하지만 역시 연세도 많고 식견도 많으신 할머니께서 좀 보시는 게 어떨까요?"

"음……."

"어때요?"

"음……."

왕죠우마는 자세히 들여다보고 나서 두어 번 머리를 끄덕이더니 다시 두어 번 가로젓는 것이었다.

빠오얼에게 약을 먹이고 나니 벌써 반나절이 지나갔다. 딴쓰 아줌마는 유심히 안색을 살펴보았다. 차도가 꽤 있는 것 같았다. 오후가 되자 별안간 눈을 부릅뜨고 "엄마!" 하고 부르더니 다시 눈을 감았다. 잠을 자는 것 같았다. 얼마나 잠이 들었을까. 이마와 콧잔등에 온통 구슬 같은 땀방울이 맺혔다.

딴쓰 아줌마가 살짝 문질러보았더니 마치 풀처럼 손에 묻어났다. 그녀는 당황한 나머지 가슴에 손을 대보고는 와락 울음을 터뜨리고 말았다.

평온했던 빠오얼의 숨소리가 이젠 없어지고 말았다. 이에 따라 그녀의 울음 소리가 울부짖음으로 바뀌었다. 그 소리를 듣고 많은 사람이 몰려들었다. 문 안에는 왕죠우마와 푸른 낯의 아우가 있었고 문밖에는 시엔훙의 주인과 딸기코 라오꿍이 있었다. 왕죠우마의 명령이 떨어지자 한 꾸러미의 지전을 태웠다. 곧 이어 그녀는 딴스 아줌마 대신 긴 의자 두 개와 옷 다섯 벌을 저당 잡혀 받은 은전 두 냥으로 일손을 돕는 사람들에게 식사 준비를 시켰다.

첫번째 문제는 관(棺)이었다. 그녀에게는 아직도 은귀걸이 한 쌍과 도금한 은비녀 한 개가 있었다. 그녀는 그것을 몽땅 시엔훙 술집 주인에게 줘 보증을 서게 한 다음 현금 반 외상 반으로 관을 하나 사기로 했다. 그러자 푸른 낯의 아우도 팔을 걷어붙이고 나서 자기가 사오겠다고 했다. 그러나 왕죠우마가 들어주지 않고 내일 관이나 메라고 하자 버럭 욕설을 퍼부었다.

"빌어먹을 할미년!"

그는 뾰로통해져서 가버렸다. 곧 시엔훙 술집의 주인도 가버렸다. 밤에 돌아온 그는 관이 없어 지금 맞춰야 하니 밤늦게나 완성될 거라고 말했다.

시엔홍 술집의 주인이 돌아왔을 때는 일손을 돕던 자들은 이미 밥을 다 먹고 난 뒤였다. 루쩐만 하더라도 옛 풍습이 그대로 남아 있어 1경도 되기 전에 돌아가서 자기 때문이었다. 그런데 유독 아우만은 시엔홍의 술집 계산대에 기댄 채 술을 마시고 있었으며 라이꽁도 옆에서 뭔가 노래를 읊조리고 있었다.

이때 딴쓰 아줌마는 침대 가에 앉아 흐느끼고 있었다. 빠오얼은 침대에 누워 있었고 물레도 아무 소리 없이 땅바닥에 서 있었다. 한참이 지나자 이젠 그녀의 눈물도 말라버렸다. 그녀는 눈을 크게 뜨고 사방을 둘러보았다. 뭔가 이상하다는 느낌이 들었다. 모든 것이 도저히 있을 수 없는 일만 같았다. 그녀는 곰곰 생각해보았다. 한낱 꿈이겠지. 모든 것은 꿈일 뿐이야. 내일 깨어나면 자기는 아무 일 없이 침대에 자고 있을 것이며 빠오얼 또한 자기 옆에서 자고 있겠지. 이윽고 잠에서 깨면 "엄마!" 하는 소리와 함께 꿈틀대는 용이나 포효하는 호랑이처럼 생동감에 넘쳐 뛰어놀 테지.

라이꽁의 노랫소리도 이미 잠잠해졌고 시엔홍의 등불도 꺼졌다. 딴쓰 아줌마는 눈을 떴다. 모든 것이 믿어지지 않았다. 닭도 울었다. 동쪽 하늘이 점점 밝아오더니 이윽고 창 틈에는 은백색의 서광이 비쳐들었다.

은백색의 서광은 차츰 붉은 기운을 띠기 시작했고 아침 햇살은 이제 지붕 위를 비추었다. 그녀는 눈을 뜬 채 멍하니 넋 없는 사람처럼 앉아 있었다. 누군가 문을 두드리는 소리가 들렸다. 그녀는 깜짝 놀라 얼른 뛰쳐나가 대문을 열었다. 문밖에는 웬 낯선 사람이 등에 무엇인가 지고 서 있었으며 그 뒤에는 왕죠우마가 서 있었다.

아아! 그들은 관을 지고 왔다.

오후가 되어서야 관의 뚜껑이 덮였다. 딴쓰 아줌마가 통곡하다 가는 관 속을 한번 들여다보고 하느라고 도무지 덮게 내버려두지 않았기 때문이었다. 다행히도 이를 참다 못한 왕죠우마가 식식거리면서 앞으로 다가가 그녀를 떠밀어낸 틈을 타 한꺼번에 우르르 몰려들어 뚜껑을 닫을 수 있었다.

그러나 딴쓰 아줌마는 빠오얼에 대해 온 정성을 다 기울였던 만큼 소홀했던 점이라고는 하나도 없었다. 어제는 한 꾸러미의 지전을 태웠는데 오전에는 49권짜리 《대비주(大悲呪)》*까지 태워주었다. 어디 그뿐인가? 염을 할 때에는 깨끗한 새옷으로 갈아입혔고 평소 재미있게 갖고 놀던 진흙 인형, 자그마한 나무 그릇 두 개, 그리고 유리병 두 개까지 장난감 모두를 머리맡에 넣어주었다. 그 뒤 왕죠우마가 손가락을 꼽으면서 따져보았지만 빠진 것이라고는 하나도 없었다.

이날, 푸른 낮의 아우는 끝내 나타나지 않았다. 그러자 시엔훙의 주인이 딴쓰 아줌마를 대신하여 두 명의 일꾼을 불러주었다. 한 사람당 210문이나 되는 거금을 주고 사서 공동묘지까지 메고 가 안장했다. 왕죠우마가 밥짓는 것을 거들어주었는데 조금이라도 움직였거나 입만 나불거린 자까지도 밥을 먹여주었다.

해가 차츰 서산에 기울려는 기색이 보이자 밥을 먹은 사람들 모두는 돌아가려는 기색이 역력했다. 그래서 결국 그들은 모두 돌아가버

---

* 불교의 《대비심다라니경(大悲心陀羅尼經)》을 말한다.(옮긴이 주)

렸다.

딴쓰 아줌마는 몹시 현기증을 느꼈으나 조금 휴식을 취하고 나자 이내 안정이 되었다. 그러나 그녀는 무엇인가 이상하게 느껴졌다. 평생 당해보지 않았던 일을 당했으며 도저히 있을 것 같지도 않은 일이 분명히 일어나지 않았던가? 그녀는 생각할수록 기이하기만 했고 이제는 이상한 것까지 느끼게 되었다. 별안간 집이 너무 조용해졌다.

그녀는 몸을 일으켜 등잔에 불을 붙였다. 그러자 방 안은 더욱더 조용하기만 했다. 그녀는 비틀거리는 몸으로 걸어가 문을 잠그고는 침대 가로 돌아와 앉았다. 물레는 소리 없이 땅바닥에 놓여져 있었다. 그녀는 정신을 가다듬고 나서 사방을 둘러보았다. 이제 더는 앉아 있을 수도 없었다. 방 안이 너무 조용했을 뿐만 아니라 더욱더 커보였으며 놓여 있는 물건들도 공허하기만 할 뿐이었다. 엄청나게 큰 집이 사방에서 그녀를 포위하고 있는데다 텅 빈 물건들 역시 사방에서 압도해오고 있었으므로 그녀는 숨이 막혀버릴 것만 같았다.

그녀는 이제 아들 빠오얼이 틀림없이 죽었다는 것을 알게 되었다. 방이 보기 싫어 불을 끄고 자리에 누웠다. 그녀는 울먹이면서 생각에 잠겼다. 옛날의 일이었다. 자신은 물레를 잣고 있었고 빠오얼은 옆에 앉아 회이샹또우(茴香豆)를 먹고 있었다. 빠오얼은 검은 두 눈을 크게 뜨고서 무엇인가 생각하더니 입을 열었다.

"엄마! 아버지가 혼뚠*을 팔았으니까 나도 크면 혼뚠을 팔 테야.

---

* 餛飩. 밀가루로 얇게 껍질을 만들어 고기나 야채를 싸서 삶은 음식으로 만두와는 다르다.(옮긴이 주)

많이 팔아 번 돈은 모두 엄마에게 줄게."

그때는 정말이지 자아내는 실오라기 마디마디가 신이 났고 활기가 넘쳤다. 그런데 지금은 어떤가? 사실 그녀는 현재의 일에 대해 아무것도 생각하지 않았다. 앞에서도 말했거니와 그녀는 우둔한 여자였다. 그러니 그녀가 무엇을 생각해낼 수 있겠는가? 그녀가 느낀 것이라고는 방이 너무 조용하고 크며, 너무 공허하다는 것뿐이었다.

그러나 비록 우둔한 딴쓰 아줌마였지만 영혼을 되돌릴 수 없다는 것쯤은 잘 알고 있었다. 그랬던 만큼 이제 자신의 빠오얼을 다시는 볼 수 없다는 것을 알고 있었다. 그녀는 길게 탄식을 하고 나서 혼자말로 중얼거렸다.

"빠오얼아, 너는 아직도 여기 있겠지. 꿈속에나마 나타나 보여다오."

그러고는 눈을 감고 얼른 잠을 청했다. 빠오얼을 만나보기 위해서였다. 괴로운 숨소리가 방 안의 정적과 공허를 타고 자신의 귀에까지 분명히 들려왔다.

마침내 딴쓰 아줌마는 몽롱하게 잠에 빠졌다. 방 안은 너무도 고요했다. 딸기코 라오꽁의 노랫소리도 이미 끊어졌다. 그는 비틀거리면서 시엔훙 술집을 나와 또다시 목청을 돋워 노래를 불러댔다.

"나의 원수야! 네가 불쌍하구나…… 외로이 홀로……."

푸른 낯의 아우가 팔을 죽 뻗더니 라오꽁의 어깨를 움켜쥐었다. 두 사람은 비틀비틀 걸으면서 어깨를 나란히 하고 히히덕거리면서 걸어갔다.

딴쓰 아줌마는 벌써 잠에 빠졌다. 이제는 라오꽁들도 가버렸고 시엔훙의 술집마저 문을 잠갔다. 루쩐은 완전히 정적 속에 파묻히고 말았다. 다만 칠흑 같은 밤만이 내일로 바뀌기 위해 정적 속을 달리고 있었고 또 개 한 마리만이 컴컴한 곳에 숨어 컹컹 짖어대고 있을 뿐이었다.

1920년 6월

작은 사건*

시골에서 베이징으로 온 지 어느새 6년이 지났다. 그동안 귀로 듣고 눈으로 직접 목격한 소위 국가 대사를 헤아리자면 무척이나 많다. 그러나 내 마음속에는 그 어느 것 하나 이렇다 할 흔적을 남기지 못했다. 만일 그 사건들이 미친 영향을 생각해내라고 한다면 그것은 오히려 나의 못된 기질만 부채질하고 말 것이다. 솔직히 말해 그것들은 내가 나날이 남을 경시하도록 만들 뿐이었다.

　그러나 작은 사건 하나만은 도리어 나에게 의의가 있었으며 나를 못된 기질 속에서 끌어내 아직까지도 잊지 못하게 한다.

---

* 　〈작은 사건(一件小事)〉은 아마도 1920년 7월, 베이징의 《신보(晨報)》에 처음 발표되지 않았나 싶다. 당시의 잡지를 입수하지 못했기 때문에 단정할 수는 없다.

민국 6년* 겨울의 일이었다. 엄청난 북풍이 기세를 떨치고 있었다. 당시 나는 생계 문제 때문에 아침 일찍 길을 가야 했다. 텅 빈 거리에는 사람의 그림자도 거의 보이지 않았다. 가까스로 인력거 한 대를 불러 S문(門)으로 가자고 했다.

얼마 있다가 북풍이 멈추자 길에 있던 먼지가 모두 날아가 깨끗한 대로만이 남게 되었다. 그래서인지 인력거꾼은 더욱 빨리 달렸다. 막 S문을 들어서려는데 갑자기 인력거 손잡이에 어떤 사람이 걸려 천천히 넘어졌다.

넘어진 사람은 여자로서 희끗희끗한 머리에다 무척 남루한 옷을 입고 있었다. 길가에서 인력거를 향해 갑자기 달려들어 길을 가로지르려 했던 것이다. 인력거꾼은 재빨리 길을 비켜주었지만 그녀의 해진 옷 등 뒤가 제대로 여며져 있지 않기 때문에 미풍에 펄럭거리다가 그만 인력거 손잡이에 걸려들고 말았던 터였다. 인력거꾼이 미리 정차를 했으니 망정이지 그렇지 않았더라면 크게 나동그라져 머리가 깨지고 피를 흘렸을 것이다.

그녀가 땅에 엎어지자 인력거꾼도 즉시 걸음을 멈추었다. 내가 보기에는 다치지도 않았을뿐더러 아무도 본 사람이 없는 게 틀림없었다. 그럼에도 쓸데없이 문제를 만들어 바쁜 길이나 막는다고 나는 오히려 인력거꾼을 못마땅하게 생각하고 있었다.

나는 인력거꾼에게 말했다.

"별것 아니니 갈 길이나 갑시다."

* 중화민국 1917년(옮긴이 주)

그러나 그는 들은 척도 하지 않았다. 아마 못 들었는지도 모르지만 오히려 인력거를 내려놓더니 그녀를 부축하여 천천히 일어나게 한 다음 팔과 어깨를 잡고 똑바로 세우면서 물었다.

"괜찮습니까?"

"넘어져서 다쳤소."

분명히 천천히 넘어지는 것을 보았는데 다쳤다니. 나는 그녀가 엄살을 부리는 것 같아 얄밉기까지 했다. 인력거꾼도 그렇지, 할 일 없게시리 자승자박했으니 이젠 당신 마음대로 하라는 식으로 내버려 두고 말았다.

그는 할머니의 말을 듣고 나서 조금도 주저함이 없이 여전히 팔과 어깨를 부축한 채 한 발 한 발 앞으로 내디뎠다. 나는 좀 의아한 느낌이 들었다. 얼른 앞을 쳐다보니 파출소가 보였고 대풍이 한바탕 지나간 뒤여서인지 밖에는 아무도 보이지 않았다. 인력거꾼은 할머니를 부축해서 바로 그 파출소의 정문을 향해 걷고 있었다.

이때 나는 이상한 느낌을 받았다. 흙먼지를 잔뜩 뒤집어쓴 그의 뒷모습이 순식간에 커져 보였고 그가 걸어갈수록 그의 모습은 더욱 크게 보여 머리를 쳐들고 보아야 비로소 보일 것만 같았다. 뿐만 아니라 그의 존재가 내게 점차 위압감을 주었으며 심지어는 털 옷 속에 감추어진 나의 '작은 것'까지 짜내는 것만 같았다.

내 마음의 활력소가 굳어지는 것 같았다. 나는 앉은 채 꼼짝도 하지 않았으며 아무것도 생각할 수가 없었다. 파출소에서 순경 하나가 나오는 것을 보고서야 비로소 인력거에서 내렸다.

순경이 나에게 다가와 말했다.

"다른 인력거를 불러보지요. 저 사람은 당신을 모실 수 없답니다."

나는 자신도 모르게 외투 주머니에서 동전 한 움큼을 꺼내 순경에게 주면서 말했다.

"그 사람에게 전해주시오."

바람은 완전히 멎었고 길은 아직도 조용했다. 나는 터벅터벅 걸어가면서 생각에 잠겼다. 그러나 나 자신을 생각해보는 것이 두려웠다. 옛날 일은 잠시 접어둔다고 치자. 한 움큼의 동전은 무슨 의미일까? 그자를 포상했단 말인가? 내가 인력거꾼을 심판할 수 있단 말인가? 나는 스스로에게 대답할 수가 없었다.

그 사건은 지금까지도 잊혀지지 않고 있다. 그래서 나는 가끔 고통스러워하며 나 자신을 반성하는 노력을 게을리 하지 않고 있다. 지난 몇 년간에 있었던 문치(文治)와 무력(武力)은 어렸을 때 읽은, '공자왈 시경에 이르기를……'이라는 구절처럼 단 반 줄도 기억에 남아 있지 않다. 그러나 오직 이 작은 사건 하나만은 내 눈에 선하게 부각되곤 하며 어떤 때는 더욱더 분명하게 떠올라 나를 부끄럽게 하고 또 나 자신을 새롭게 다짐하도록 해준다. 그 사건은 또한 나 자신에게 용기와 희망도 북돋워주고 있다.

1920년 7월

두발 이야기*

일요일 아침, 나는 일력(日曆)을 넘기면서 중얼거렸다.

"음, 10월 10일이라. 그렇다면 오늘이 바로 쌍십절이네? 그런데 여기에는 아무것도 기록되어 있지 않은데!"

마침 선배 N형이 내 집에 와서 한담을 즐기고 있다가 내 말을 듣고는 몹시 불쾌한 듯 대꾸했다.

"그들이 옳아! 그들이 기억하지 않았다고 자네가 어떻게 할 건가? 자네가 기억하고 있다 한들 또 어떻게 할 셈인가!"

N형은 본디 괴팍한 성격의 소유자였다. 늘 까닭없이 화를 내면서 세상 물정에는 맞지도 않는 말을 하곤 했다. 그 당시 나는 그가 지껄

---

* 〈두발 이야기(頭髮的故事)〉는 1920년 10월 10일 《시사신보(時事新報)》의 부간(副刊)이었던 《학등(學灯)》에 처음 발표되었다.

이는 대로 내버려두고는 한마디의 맞장구도 치지 않았다. 그러면 실컷 지껄이다가는 제풀에 죽어 사그라들었다.

그가 말했다.

"나는 베이징 쌍십절의 정경을 제일 부러워한다네. 아침 일찍 경찰이 문간에 와서는 '기를 다시오!'라고 명령을 하지. 그러면 '예, 기를 달지요!' 하면서 거의 모든 집에서 마지못한 태도로 한 사람이 나와서는 별로 선명하지도 않고 크기도 들쭉날쭉한 천을 내건단 말이야. 그렇게 해서 밤까지 걸어두었다가 기를 거두고는 문을 닫지. 몇몇 집은 어쩌다 걷는 것도 잊은 채 이튿날 오전에야 걷기도 하지만 말일세. 그들은 기념을 망각했고 기념 또한 그들을 망각한 셈이지! 나 역시 기념을 망각한 사람 중의 하날세. 굳이 기념을 한다면 그건 첫번째 쌍십절을 전후한 일들이야. 그럴 때마다 당시의 사건들이 머리에 떠올라 가만히 앉아 있을 수가 없거든. 수많은 옛사람의 얼굴이 내 눈 앞에 어른거리네. 10여 년간 갖은 역경을 맛보면서 자라온 몇몇 소년들이 느닷없이 날아온 총에 맞아 숨졌는가 하면 어떤 소년들은 한 발도 맞지 않았지만 감옥에 갇혀 한 달이 넘도록 갖은 고초를 겪기도 했다네. 또 어떤 소년들은 원대한 포부를 품은 채 홀연히 자취를 감춰 아직까지 시신도 찾지 못하고 있고 말이야. 그들은 모두가 사회의 냉소와 욕설과 박해 속에서 일생을 보냈어. 그런데 이제는 그들의 무덤조차 망각 속에 묻혀 점차 무너져내려 평지가 되고 있는 판이네. 나는 그 같은 일들을 도저히 기념할 수가 없어. 그러지 말고 좀더 즐거운 일들을 더듬어 이야기해봄세."

N형은 갑자기 웃음을 지어 보였다. 그리고는 손으로 자기의 머리

를 만지작거리더니 큰 소리로 말했다.

"내가 가장 우쭐했던 건 첫 번째 쌍십절 이후부터였지. 길을 걷는데 이젠 남들에게 비웃음을 당한다거나 욕지거리를 듣지 않게 되었거든. 이봐 노형(老兄), 두발(頭髮)이 우리 중국인에게는 보배이자 원수라는 것을 자네도 잘 알겠지? 고금 이래로 그놈의 머리 때문에 얼마나 많은 사람이 털끝만큼도 값어치 없는 고생을 해야 했나! 아주 오래전의 우리 조상들은 두발에 대해 그다지 중시하지 않았던 것 같아. 옛날의 형법에 따르면 가장 중요한 것은 역시 머리였지. 그래서 참수형은 가장 무서운 형벌이었고 그 다음은 생식기에 관한 형벌이었던 만큼 궁형*과 유폐** 또한 무시무시한 형벌로 통했지. 두발을 잘리는 형벌은 극히 미미한 형벌로 인식되었어.*** 그런데도 지금 생각해보면 두발이 없다는 이유로 얼마나 많은 사람이 한평생 사회로부터 발길질을 당했는지 모른단 말이야. 우리가 혁명 당시를 이야기할 때면 으레 '양쪼우십일(揚州十日)'이니 '쟈띵도성(嘉定屠城)'****을

---

* 宮刑, 남자의 생식기를 자르는 형벌(옮긴이 주)

** 幽閉, 여자의 생식기에 가하는 형벌(옮긴이 주)

*** 《서경(書經)》의 여형(呂刑)편에 보면 중국 고대의 형법으로 5형이 있었다. 즉 묵형(墨刑, 얼굴에 묵을 뜸)과 의형(劓刑, 코를 벰), 비형(剕刑, 발을 자름), 궁형(宮刑, 생식기를 자름), 마지막으로 대벽(大辟, 즉 참수형)이 있었다. 여기서 보듯 두발을 자르는 소위 곤형(髡刑)은 5형에 끼지도 못했다. 하지만 이것 역시 고대 형벌의 일종이었는데 수나라 이후부터 폐지되었다.

**** 1644년 청병(淸兵)이 입관(入關)해 베이징을 도읍으로 정하자 각지에서 반청 운동이 일어났는데 그중에서도 양쪼우와 쟈띵 지방이 제일 격렬했다. 청병은 백성들을 닥치는 대로 살육했다. 1911년 신해혁명 직전, 혁명가들이 이 두 사건을 대대적으로 선전해서 반청사상을 선동해 청나라를 타도하는 데 이용했다.

떠벌리곤 하지만 그것도 하나의 수단에 불과했네. 솔직히 당시 중
국인들의 반항은 망국 때문이 아니라 변발 때문이었어. 완강히 저항
하던 백성들은 모조리 살해되었고 명나라의 유로(遺老) 또한 천수가
다해 죽고 말았으니 변발은 일찌감치 늘어뜨리게 된 셈이지. 그러다
가 홍양의 난*이 일어난 게 아닌가? 조모님께서 하신 말씀이 있지.
당시엔 백성 노릇하기가 어려웠다는군. 머리를 고스란히 늘어뜨린
자는 관병에게 피살되었고 변발한 사람은 장발적에게 피살되었으
니 말일세! 그놈의 아프지도 않고 가렵지도 않은 두발 때문에 얼마
나 많은 중국 사람이 고초를 겪고 수난을 당하며 멸망해갔는지 모른
다네."

N형은 지붕을 쳐다보며 잠시 생각에 잠기더니 다시 말을 이
었다.

"그놈의 두발 수난이 우리에게 닥칠 줄이야 누가 알았겠는가? 나
는 유학을 가자 변발을 잘라버렸지. 어떤 뜻이 있어서가 결코 아니
었고 단지 너무 불편해서였다네. 그런데 뜻하지도 않게 변발을 머리
위에 얹은 몇몇 학생들은 나를 무척이나 증오했고 학생 감독도 노
발대발하면서 관비(官費)를 끊어버리고 중국으로 돌려보내겠다는
거야. 그런데 며칠도 안 되어 그 학생 감독마저 변발이 잘린 채 어디
론지 도망쳐버리고 말았다네. 그의 변발을 자른 사람 중에는 혁명

---

* 태평천국의 난. 홍양(洪楊)이란 당시 태평천국의 두목 홍쇼우쵄(洪秀全)과 양
  쇼우칭(楊秀淸)을 말하는 것으로 그들을 장발적(長髮賊)이라고도 불렀다.

군이었던 쪼우룽(鄒容)*이란 자가 있었는데 그 사건 때문에 그 자도 유학을 마치지 못하고 상하이로 돌아와 후에 서쪽 감옥에서 옥사하고 말았지. 자네도 그 사건은 이미 잊고 있었겠지?

몇 년이 지나자 우리 집은 가세가 종전과 크게 달라졌지. 그래서 뭔가 일을 하지 않으면 굶어 죽을 판이라 하는 수 없이 중국으로 되돌아왔다네. 나는 상하이에 도착하자마자 가짜 변발부터 하나 샀다네. 당시 시가로 2원(元)이었는데 변발을 한 채 집으로 왔지. 어머니께서는 도리어 아무런 말씀도 없으셨지만 나를 보고 난 사람들은 변발부터 쳐다보면서 궁리하더군. 후에 그게 가짜라는 사실을 알고 나서는 냉소부터 퍼붓기 시작하는 거야. 참수형을 뒤집어씌우겠다나? 심지어 친척 한 분은 관가에 고발까지 하려고 벼르다가 후에 혁명당이 모반을 일으켜 성공할 기세가 보이자 그만두시더군. 가짜는 진짜보다 덜 솔직담백한 것 같더군. 그래서 이번에는 아예 가짜 변발을 팽개쳐버리고 양복을 입은 채 길거리에 나왔지. 길을 걸을 때마다 조롱과 욕지거리가 들리더군. 어떤 사람은 아예 뒤쫓아오면서까지 욕설을 퍼붓는 거야. '건방진 놈의 자식!' '가짜 양귀신!' 그래서 나는 양복을 입지 않고 이번에는 대삼(大衫)으로 갈아입었더니만 그들은 더욱더 욕설을 퍼붓지 뭔가? 이처럼 곤궁에 처해 있을 무렵, 나는 지팡이를 꺼내들었지. 그리고는 닥치는 대로 몇 번 휘둘러봤더니만 그들

---

* 《쪼우룽전(鄒容傳)》에는 쪼우룽이 일본에서 유학하고 있을 때 당시 육군 학생 감독이었던 야오쟈(姚甲)의 간통 사건이 있었다고 나온다. 그러자 쪼우룽은 그의 변발을 잘라버렸고 후에 발각되자 몰래 상하이로 돌아와버렸다.

은 점차 욕지거리를 퍼붓지 않는 거야. 그러나 지팡이를 휘두르지 않았던 곳에 가면 여전히 욕설이 들리더군. 그 사실은 내가 참으로 비애를 느끼게 했다네. 그래서 지금까지도 나는 잊질 못하네. 내가 유학 가 있을 때의 일이었지. 한번은 신문에서 남양(南洋)과 중국을 여행하고 돌아온 혼다 박사*의 기사를 읽게 되었는데, 이분은 중국어나 말레이시아어를 전혀 모르는 분이었지. 그래서 말도 못하면서 어떻게 다닐 수 있었느냐고 묻자 지팡이를 저으면서 한다는 말이'이게 바로 그들의 말이지요. 다들 잘 알아듣습디다!'라고 하지 않겠나? 나는 그 말을 듣고 며칠간이나 화가 치밀었다네. 그랬던 내가 나도 모르는 사이에 그런 짓을 한데다 또 남들도 그렇게 잘 알아들을 줄이야 꿈엔들 생각했겠나……. 쉔통** 초, 나는 고향에 있는 중학교에서 감학***을 지냈지. 그런데 동료들은 모두 나를 피했고 관료들도 단호하게 담을 쌓더군. 그러니 하루 종일 얼음 창고에 갇힌 듯하기도 하고 또 형장(刑場) 옆에 서 있는 것 같은 느낌이 들었지 뭔가. 이유는 다름이 아니라 나에게는 변발이 없다는 거야! 하루는 학생 몇 명이 별안간 내 방에 오더니 '선생님, 변발을 잘라버려야겠습니다' 하는 거야. 그래서 내가 안 된다고 했더니 묻는 거야. '변발이 있는 게 좋습니까 아니면 없는 게 좋습니까?' '없는 게 좋지…….' '그러면서 왜 안 된다는 거지요?' '그건 범할 수 없단 말이다. 그러니 자르지 않는 것

---

*   일본의 임학(林學) 박사 혼다 시스로쿠(本多靜六)를 말한다.

**   宣統, 청대의 마지막 황제 푸이(溥儀)의 연호, 1909~1911년(옮긴이 주)

*** 監學, 훈도 주임(옮긴이 주)

이 상책이야. 좀 기다려보아라.' 그들은 아무 말도 하지 않고 입을 삐죽거리며 나가버렸지. 그런데 결국엔 잘라버리더군. 결국 야단이 났지. 다들 시끄럽게 떠들어대더군. 그러나 나는 모른 척하고 그들이 변발이 없는 채 변발한 다른 학생들과 함께 수업받도록 내버려두었다네. 그런데 변발 자르는 것이 전염병처럼 확 퍼지고 만 거야. 사흘째 되던 날, 사범 학당의 학생 여섯 명이 느닷없이 변발을 자르지 않았겠나? 그들은 그날 밤으로 제적당하고 말았지. 그 학생들은 학교에 남아 있을 수도 없고, 집으로 갈 수도 없게 되고 말았다네. 그러다가 첫번째 쌍십절이 지나고 한 달이 훨씬 넘어서야 범죄 낙인이 찍히게 되었지. 나는 어땠냐구? 역시 마찬가지였다네. 그러니까 민국 원년* 겨울에 베이징으로 왔는데 그때도 몇 번 욕설을 들었지. 그 뒤 나를 욕했던 자들은 모조리 경찰에 끌려가 변발을 잘렸고 나 역시 더는 욕설을 듣지 않게 되었지. 그렇지만 난 끝내 고향에는 가지 않았다네."

N형은 매우 우쭐대다가 이내 차분한 표정을 지었다.

"지금 자네 같은 이상주의자들은 여자도 머리를 잘라야 한다고 외쳐대면서도 한편으로는 아무 이득도 없이 고통받는 자들을 얼마나 많이 만들어내고 있는가? 머리를 자른 여자들이 그 때문에 학교도 못 가고 또 제적당하는 자가 벌써 나타나고 있지 않은가? 개혁? 무기가 어디 있는가? 일하면서 배운다고? 그럼 일할 공장은 있는가? 그런 논리에 휩쓸리지 말고 머리를 늘어뜨린 채 시집이나 가서 모든 것

---

*   1912년(옮긴이 주)

을 잊어버리는 게 행복이란 말일세. 그녀들이 평등이니 자유니 따위를 생각하고 있다면 오히려 일생 고통만 받을 뿐이야! 알세바세프*가 한 말처럼 자네에게 묻고 싶네. 자네들은 황금시대의 출현이라는 것을 그들의 자손에게 기약했네만 그들 자신에게는 무엇을 주려고 하나? 아! 조물주의 가죽 채찍이 중국이라는 등줄기에 후려쳐지지 않는 한 중국은 영원토록 이 모양 이 꼴일 뿐이야. 스스로는 손끝만큼도 개혁을 하려 들지 않거든! 자네들의 입속에는 애당초부터 독이빨이 없었거늘 어쩌자고 이마에다가는 '독사'라는 두 글자를 붙여놓고 거지들을 잡아다 때려죽이는가?"

N형은 갈수록 횡설수설했다. 하지만 내가 그다지 듣고 싶어하지 않는다는 눈치를 알아차리고는 금세 입을 다물어버렸다. 그리고는 일어서더니 모자를 집어들었다.

"가시게요?"

"그렇네, 비가 올 것 같아."

그가 대답했다.

나는 아무 말도 없이 묵묵히 그를 문까지 바래다주었다.

그가 모자를 쓰면서 말했다.

"잘 있게! 시끄럽게 한 점 이해해주게나. 다행히도 내일은 쌍십절이 아니니 우리는 모든 것을 잊을 수 있을 걸세."

1920년 10월

---

* 　구 소련의 소설가. 여기서 인용한 말은 《노동자 스와로프》 제9장에 나온다.

풍파*

강가의 흙마당을 비추고 있던 태양도 누런 빛을 서서히 거두어 들이고 있었다. 그 옆 강쪽으로 서 있던 오구(烏桕)나무 잎도 그제서야 말라붙었던 잎을 펴고 숨통을 트는 것 같았으며 꽃무늬 다리를 한 모기들이 그 아래에서 웅웅거리며 날고 있었다. 강을 마주하고 있던 농가의 굴뚝에서는 점차 밥 짓는 연기가 사라졌으며 아낙네와 아이들은 자기 집 문 앞 흙바닥에 물을 뿌리고 조그마한 탁자와 낮은 의자를 내다놓았다. 벌써 저녁 식사 시간이 되었다는 것을 알 수 있었다.

　　노인과 남자들은 낮은 의자에 앉은 채 거대한 파초잎 부채를 부치면서 한담을 나누고, 아이들은 날듯이 쫓아다니기도 하고 오구나무 아래 앉아 돌멩이를 만지작거리기도 하면서 놀고 있었다.

---

*　〈풍파(風波)〉는 1920년 9월 《신청년》 제8권 제1호에 처음 발표되었다.

아낙네가 시커먼 마른 나물찜과 송화 가루처럼 누런 기가 도는 쌀밥을 받쳐들고 나왔다. 뜨거운 김이 모락모락 피어올랐다. 강에서는 문인들의 술놀이 배가 지나가고 있었는데 이 광경을 시인이 보았다면 크게 시흥이 일어 이렇게 읊었으리라.

"아무런 근심 걱정도 없는 듯하여라. 이게 바로 농가의 즐거움인지고!"

하지만 시인의 말은 현실과 다소 부합되지 않는다. 그들은 조우진(九斤) 할머니의 넋두리를 들어보지 못했기 때문이다. 그때 조우진 할머니는 한창 대노하고 있었다. 그녀는 다 떨어진 파초 부채로 낮은 의자를 치면서 말했다.

"나는 일흔아홉 살이나 살았다. 그만 하면 오래 산 셈이지. 이놈의 망한 집구석 꼴을 더는 보고 싶지 않다고. 차라리 죽는 게 낫지. 곧 밥을 먹을 판에 볶은 콩만 처먹고 있으니 이놈의 집구석은 먹다가 망한다니까!"

증손녀 료우진(六斤)이 콩을 한 움큼 쥐고 맞은편에서 뛰어오다가 할머니가 투덜거리는 것을 보자 냅다 강가로 달아나 오구나무 뒤에 숨어버렸다. 그러더니 토끼 귀처럼 가닥으로 땋아올린 조그만 머리를 내밀면서 큰 소리로 말했다.

"할망구, 죽지는 않고!"

조우진 할머니는 고령이었지만 그다지 귀가 멀지는 않았다. 하지만그말은 못들은 채여전히중얼거렸다.

"정말 대(代)가 갈수록 못하다니까!"

이 마을에는 좀 유별난 습속이 있었다. 즉 아기가 태어나면 저울로 무게를 달아 그 근수를 가지고 이름 짓기를 좋아했다. 조우진 할머니는 50세 잔치를 치른 뒤부터 서서히 투정꾼으로 바뀌었다. 그래서 늘 한다는 소리가 자기가 젊었을 때에는 날씨가 지금처럼 덥지 않았으며, 콩도 지금만큼 딱딱하지 않았다는 등 불평이 많았다. 어쨌든 그녀에게 지금 세상은 온통 그릇된 것뿐이었다. 게다가 됴우진은 증조모보다 세 근이나 모자랐고 아버지 치진(七斤)보다도 한 근이 모자랐으니 이 점만은 뒤집을 수 없는 사실이 아닌가? 그래서 할머니는 또다시 힘주어 중얼거렸다.

"정말 대가 갈수록 못하다니까!"

마침 손자 며느리인* 치진의 처가 밥 광주리를 받쳐들고 탁자 쪽으로 와 내동댕이치듯 내려놓으면서 잔뜩 볼멘소리로 말했다.

"할머니, 또 그 말씀이시군요. 됴우진이 태어났을 때 여섯 근 하고도 다섯 냥이었잖아요? 이 집 저울은 개인이 만든 저울이라 무게가 더 먹히는 열여덟 냥짜리 저울이란 말이에요. 만일 열여섯 냥짜리 정식 저울을 사용했더라면 우리 됴우진은 틀림없이 일곱 근이 나가고도 남았을 거예요. 그리고 증조부님께서 아홉 근이고 조부님께서 여덟 근이었다고는 하지만 저는 믿을 수가 없단 말이에요. 열네 냥짜리 저울을 사용했는지 누가 알아요?"

"대가 갈수록 못하다니까!"

치진의 처가 미처 대꾸도 하기 전에 별안간 치진이 골목길을 돌아오고 있는 것이 보였다. 그녀는 얼른 몸을 돌려 치진에게 소리쳤다.

---

* 원문에는 '며느리'로 되어 있지만 문맥상 '손자며느리'라고 해야할 것이다.

"어이쿠, 저 빌어먹을 인간이 어쩌자고 이제야 돌아와? 어디 가서 뒈졌다가 오는 거야. 밥 차리고 기다리는 사람은 생각도 않고 서!"

비록 촌구석에 살고 있었지만 치진은 일찍부터 청운의 뜻을 품고 있었다. 조부 때부터 자신에 오기까지 3대가 호미 자루도 쥐어보지 않은 터였다. 그 역시 선친들처럼 배나 젓고 살았다. 매일 한 번씩 루쩐과 성내를 왕복하는데 아침 일찍 루쩐을 떠나 성내에 갔다가 저녁 때가 되면 돌아오곤 했다. 그래서인지 그는 세상 돌아가는 이야기도 썩 잘 알고 있었다. 이를테면 어떤 곳에서는 벼락이 지네 귀신을 쳐 죽였다든가 또 어떤 지방에서는 규방의 처녀가 야차* 비슷한 아들을 낳았다는 등의 이야기다.

이처럼 그는 그 지방 사람들 사이에서 이미 유명 인물이 되어 있었다. 하지만 그곳 농촌에서는 여름철 저녁밥을 먹고 나서도 등불을 켜지 않는 습속을 지키고 있었으므로 오늘처럼 늦게 돌아왔으니 욕을 얻어먹을 만도 했다.

치진은 한 손에 상아 빨대와 백동 곰방대로 만든 여섯 자 길이의 상비죽** 담뱃대를 들고 머리를 푹 숙인 채 천천히 걸어와 낮은 의자에 앉았다. 그 순간 료우진도 미끄러지듯 달려와 그의 곁에 앉으면서 아버지를 불러댔다. 치진은 아무 대답도 하지 않았다.

---

* 夜叉, 범어 Yaksa의 음역으로 험상궂게 생긴 귀신인데 사람을 해치지만 불법佛法을 수호한다고 한다.(옮긴이 주)

** 湘妃竹, 옛날 순임금의 두 아내가 그를 사모하여 상수(湘水)에 몸을 던졌는데 그 뒤 강가에 자랐다고 하는 얼룩진 대나무(옮긴이 주)

"대가 갈수록 못하다니까!"

조우진 할머니가 투덜거렸다.

치진은 천천히 머리를 들더니 한숨을 푹 내쉬면서 말했다.

"황제께서 용좌에 오르셨어."

치진의 처는 한동안 멍하니 있다가 별안간 무엇이라도 깨달은 듯 말했다.

"그거 정말 잘되었군요. 곧 황은(皇恩)으로 대사면(大赦免)이 있을 테니까요!"

그러자 치진은 또다시 한숨을 쉬고 나서 말했다.

"나는 변발이 없지 않소."

"황제께서 변발을 요구하신대요?"

"그렇다오."

"당신이 그걸 어떻게 알아요?"

치진의 처는 좀 다급해진 나머지 황급히 물었다.

"시엔훙 주점의 사람들이 모두 그렇게 이야기하더군."

이때 치진의 처는 뭔가 불길하게 돌아간다는 것을 직감했다. 시엔 훙 주점에서 들었다면 비교적 정통한 소식통이기 때문이었다. 순간 치진의 대머리를 쳐다보고는 화가 치솟았다. 남편이 얄밉고 한스럽고 원망스럽기까지 했다. 갑자기 절망감이 엄습해왔다. 그녀는 그릇에 밥을 담아 치진의 얼굴 앞에 휙 밀어붙이면서 말했다.

"빨리 식사나 해요! 그렇게 우거지상을 한다고 변발이 솟아나나요?"

태양은 최후의 빛마저 거두어들였다. 수면에는 서늘한 기운이 감돌기 시작했다. 흙마당에서는 밥그릇과 젓가락 놀리는 소리가 들려왔고 사람들의 등줄기에는 또다시 땀방울이 맺혔다. 치진의 처는 밥을 세 그릇이나 먹어치우고는 문득 고개를 들었다. 순간 심장이 마구 방망이질을 해왔다. 저만치 오구나무 잎 사이로 작달막 한 키에 뚱뚱한 체구의 짜오치예(趙七爺) 나리가 외나무다리를 건너오는 것이 보였기 때문이다. 게다가 남색의 삼베 장삼까지 걸치고 있지 않은가.

짜오치예는 옆 마을 마오위엔(茂源) 주점의 주인이자 사방 30리 내에 유일한 유지 겸 학자이기도 했다. 학식이 있었던 만큼 유로의 냄새깨나 풍기고 있었다. 그는 10여 권짜리 진성탄(金聖歎) 비평의 《삼국지》*를 가지고 있었는데 늘 앉아서 한 자 한 자 읽곤 했다. 그는 또한 오호장(五虎將)의 성명을 말할 수 있었을 뿐만 아니라 심지어는 황쫑(黃忠)의 자(字)가 한승(漢升)이며 마차오(馬超)의 자가 믕치(孟起)라는 것까지 알고 있는 자였다.

혁명이 끝나자 그는 재빨리 변발을 머리에 틀어얹어 도사 같은 모습을 하고 있었다. 그러면서 늘 탄식하듯 말하는 것이었다.

"짜오쯔룽(趙子龍)이 살아 있다면 세상이 지금처럼 혼란스럽지는 않을 텐데."

치진의 처는 눈치가 빨랐다. 먼발치에서나마 오늘의 짜오치예 나

리는 도사 모습이 아니라 이미 번들거리는 대머리에다 까마귀 같은 검은 머리를 하고 있음을 알아차렸다. 그녀는 또한 황제는 틀림없이 용좌에 올랐으며 그래서 이제는 틀림없이 변발이 필요하게 되었으니 치진에게는 엄청난 위험이 몰아닥치고야 말리라는 것도 직감할 수 있었다. 왜냐하면 짜오치예는 삼베 장삼을 여간해서는 입지 않았기 때문이었다. 지난 3년동안 단 두 차례 입었을 뿐이었다. 한번은 자신에게 분풀이를 했던 곰보 아쓰(阿四)가 병이 났을 때였고 또 한번은 자신의 주점을 때려부쉈던 루따예(魯大爺)가 죽었을 때였다. 그러니까 이번이 세 번째인데 그것은 틀림없이 자기에게는 경사스러운 일이 있는 반면 원수에게는 재앙을 안겨주는 것을 의미했다.

치진의 처는 2년 전에 치진이 술에 취해 짜오치예를 "쌍놈"이라고 욕했던 것을 기억하고 있었다. 그렇기 때문에 오늘 그가 나타나자 치진에게 위험이 닥쳤음을 문득 느끼게 되었다. 덩달아서 심장까지 마구 방망이질했다.

짜오치예 나리가 걸어오자 저녁 식사를 하고 있던 사람들은 일제히 일어나 젓가락으로 밥그릇을 두드리면서 말했다.

"나리, 이리 오셔서 식사 좀 하시지요!"

그는 줄곧 머리만 끄덕이면서 대꾸했다.

"어서들 드시오."

그러면서 곧장 치진의 식탁 밑으로 왔다. 치진의 가족들이 황급히 인사를 하자 그 역시 미소를 띠면서 "어서들 드시오"라고 하면서도 한편으로는 그들의 밥과 반찬을 자세히 살폈다.

"음, 그 마른 나물 냄새 한번 좋군! ……소식은 들었나?"

짜오치예는 치진의 뒤편, 치진의 처 맞은편에 앉아 말을 걸었다.

"황제께서 용좌에 오르셨다면서요?"

치진이 말했다.

치진의 처는 짜오치예의 안색을 살피고 나서 억지 웃음을 지으면서 말했다.

"황제께서 용좌에 오르셨으니 언제쯤 황은의 대사면이 있을까요?"

"황은 대사면? 대사면이야 천천히 있겠지. 어쨌든 있긴 있을 거요."

여기까지 말하더니 그의 목소리가 갑자기 날카로워졌다.

"하지만 당신네 치진의 변발이 문제요. 변발은 어떻게 했지? 그게 더 급한 문제라고. 당신들도 다 잘 알고 있겠지만 장발적의 난리 때는 두발을 남기려면 머리가 달아나고, 머리를 보존하자면 두 발을 기를 수가 없었지……."

치진과 그의 처는 글을 배우지 못했기 때문에 그가 말하는 고문투의 괴상한 말은 통 알아들을 수가 없었다. 그렇지만 학식을 갖춘 짜오치예가 그렇게 말하는 것을 보니, 일이 보통 크게 터진 것 같지 않았고 이젠 돌이킬 수도 없을 것만 같아, 마치 사형 선고를 받은 자처럼 귀에서는 윙윙거리는 소리가 났고 더는 말도 나오지 않았다.

"대가 갈수록 못하다니까!"

조우진 할머니는 불평을 터뜨리고 있다가 그 틈을 타 짜오치예에게 말했다.

"요즘의 장발적은 그저 남의 변발만 자른다니까! 중 같지도 않고 그렇다고 도사 같지도 않단 말이야. 옛날의 장발적이야 어디 그랬소? 나도 일흔아홉 살이나 살았으니 이젠 살 만큼 살았다고. 옛날 의 장발적은 말이오, 한 필의 붉은 비단으로 머리를 싸매고는 죽 늘어뜨렸지. 그것도 발끝까지 말이야. 왕께서는 노란 비단을 늘어뜨렸지, 노란 비단을. 붉은 비단, 노란 비단…… 나도 살 만큼은 살았다오. 일흔아홉이니."

치진의 처가 벌떡 일어서더니 혼잣말로 중얼거렸다.

"이걸 어쩌면 좋담? 이 많은 식구가 모두 제 애비 하나만 의지하고 사는데……."

짜오치예는 고개를 내저었다.

"어쩔 수 없는 노릇이오. 변발이 없으면 무슨 죄에 해당하는지 아오? 책에 조목조목 분명하게 적혀 있단 말이오. 집에 무슨 사정이 있는지 그건 내 알 바 아니지."

'책에도 적혀 있다'라는 말을 들은 치진의 처는 이제 완전히 절망감에 빠지고 말았다. 온통 조바심이 나서 어쩔 줄을 몰랐다. 느닷없이 치진이 한스럽기까지 했다. 그녀는 젓가락으로 치진의 콧잔등을 가리키면서 투덜댔다.

"이 병신아, 자업자득이지! 모반할 때 내가 뭐라고 했어. 배도 젓지 말고 성내에도 가지 말라고 했지. 그랬는데도 죽어라 하고 성내에 들어가서 한데 어울리다가 그만 변발을 잘리고 말았으니. 옛날 비단결처럼 검고 빛나던 머리가 이젠 중도 아니고 도사도 아닌 꼴이 되어버렸으니. 제 잘못으로 제놈이야 벌을 받는다지만 우리들마저 화를 입게 되었으니 어쩔 셈이야? 이 귀신 같은 죄수야!"

마을 사람들은 짜오치예가 마을에 오자 서둘러 저녁 식사를 마친 다음 다들 치진의 식탁 주위로 우르르 몰려들었다. 치진은 스스로를 유지로 여기고 있었다. 그런데 오늘처럼 여러 사람이 보는 앞에서 여편네로부터 수모를 당하자 꼴이 말이 아니게 되었다. 그는 머리를 들면서 천천히 말했다.

"오늘은 입에서 나오는 대로 지껄이는구만. 하지만 그때는 당신도……."

"이 귀신 같은 죄수야!"

지켜보고 있던 사람들 중에는 마음씨가 가장 곱다는 빠이(八一) 부인도 끼어 있었다. 그녀는 두 살 된 자기의 유복자를 안은 채 치진의 처 옆에서 이를 지켜보고 있었다. 두 사람이 싸우자 보기가 딱했던지 얼른 싸움을 말리면서 말했다.

"치진 댁, 이젠 그만두세요. 사람은 신선이 아니잖아요. 장래 일을 누군들 알겠어요? 하기야 치진 댁도 그렇지. 그래도 그때는 변발쯤 없어도 그리 꼴이 흉악한 것은 아니라고 하지 않았수? 게다가 그때는 아문(衙門)의 나리께서도 포고령이 없었으니까……."

치진의 처는 그녀의 이야기가 끝나기도 전에 그만 귀가 온통 새빨개져 가지고 빠이 부인의 코에 젓가락을 들이대며 달려들었다.

"어이구! 그 무슨 해괴망측한 말씀을! 빠이 댁, 나는 그래도 제구실을 하는 사람이란 말예요. 그런 내가 어찌 얼토당토않은 말을 하겠어요. 이제사 이야기지만 그때 나는 꼬박 사흘을 울었다우. 그 꼴은 다들 보았을 거요. 심지어 이 료우진 년까지 울었으니까……."

그때 료우진은 큼직한 밥 한 사발을 다 먹고 빈 그릇을 든 채 더 달라고 야단이었다. 잔뜩 화가 나 있던 치진의 처는 젓가락으로 그녀의 머리통을 후려치면서 버럭 소리를 질렀다.

"누가 더 처먹으라고 했어! 이 화냥질할 과부 같은 년아!"

퍽 소리와 함께 료우진의 손에서 빈 밥그릇이 바닥으로 떨어졌다. 공교롭게도 벽돌 모서리에 부딪쳐 커다란 조각 하나가 떨어져 나가고 말았다. 순간 치진의 처가 벌떡 일어나 깨어진 조각을 맞춰보고는 또다시 큰 소리로 지껄였다.

"망할 년!"

그리고는 손바닥으로 료우진의 뺨을 사정없이 후려쳤다. 료우진이 넘어져 울자 조우진 할머니가 증손녀의 손을 잡아 끌면서 연신 중얼거렸다.

"대가 갈수록 못하다니까!"

그러면서 함께 나가버렸다.

빠이 부인도 발끈 화를 내면서 큰 소리로 말했다.

"치진 댁, 화풀이를 하는군……."

그동안 짜오치예는 싱글거리면서 방관만 하고 있었다. 그런데 빠이 부인의 '아문의 나리께서도 포고령이 없었다'라는 말을 듣고부터는 은근히 화가 치밀었다. 그는 탁자를 돌아 나오면서 말했다.

"화풀이가 대순가. 이제 곧 대군이 몰려올 텐데. 다들 알아둬요. 이번에 황제를 보위하신 분은 짱(張) 원수(元師)님이오.* 그분으로 말하

---

* 짱쉰(張勳)을 말한다. 청나라의 군관이었는데 신해혁명 이후까지도 여전히 변발을 길러 청조에 충성심을 보였다. 1917년 6월, 쉬쪼우(徐州)에서 베이징으로 와 7월 10일 푸이(溥儀, 청의 마지막 황제)를 복위시키려다 14일 실패하자 네덜란드 공사관에 피신했다. "황제께서 용좌에 오르셨다"란 말은 바로 푸이 복위 사건을 말한다.

자면 옌(燕) 사람 짱이떠*의 후손으로서 그의 한 길 여덟 자짜리 사모(蛇矛)창은 일당만(一當萬)의 용맹을 갖춘 자라도 당해낼 수가 없단 말이오."

그는 두 주먹을 불끈 쥐면서 보이지도 않는 사모창을 움켜쥔 듯 빠이 부인 앞으로 성큼 다가가더니 말했다. "당신은 막아낼 수 있을 것 같아?" 마침 빠이 부인은 화가 나서 아기를 안은 채 부들부들 떨고 있었다. 그러던 차에 짜오치예가 개기름 번들거리는 얼굴에다 눈을 부릅뜬 채 자신을 향해 달려오자 왈칵 겁에 질려 말도 다 마치지 못 하고 몸을 획 돌려 가버렸다.

짜오치예는 뒤쫓아갔다. 사람들은 빠이 부인이 공연한 짓을 했다고 나무라면서 얼른 길을 비켜주었다. 변발을 잘랐다가 다시 기르 기 시작한 몇몇 사람이 짜오치예에게 들킬까 봐 얼른 사람들 뒤에 숨어버렸다. 짜오치예는 자세히 살펴보지도 않고 군중들 틈을 빠져 나와 홀연히 오구나무 뒤로 돌아가버렸다. 그러면서도 중얼거렸다.

"네가 장군을 막아낼 수 있다고?"

그는 외나무다리를 건너 홀연히 가버렸다.

마을 사람들은 넋을 잃고 서서 무엇인가 생각하고 있었다. 짱이떠 같은 자는 도저히 당해낼 수 없을 것만 같았고 그런 만큼 이제 치진의 목은 영락없이 달아나고야 말리라고 여기고 있었다. 이제 치진이 황법(皇法)을 어긴 것은 기정 사실이 되지 않았는가. 그러고 보니 옛날 그가 성안의 소식을 털어놓을 때 긴 담뱃대를 물고 그렇게 거드름

---

* 張翼德, 장비(張飛)를 가리킨다.(옮긴이 주)

을 피우지 말았어야 했다고 여겼다. 그러니 치진이 범법한 사실에 대해서는 적잖이 고소한 느낌이 들기도 했다.

그들은 치진에 대해 한바탕 떠벌리고 싶었지만 그렇게 할 만한 건덕지도 없는 것 같았다. 모기들이 웅웅거리더니 벌거벗은 알몸에 부딪치면서 오구나무 밑으로 떼지어 몰려들었다. 그제서야 그들도 뿔뿔이 흩어져 문을 잠그고 잠자리에 들었다. 치진의 처도 투덜대면서 식기와 탁자를 챙겨 집으로 돌아가 문을 잠그고 잠자리에 들었다.

치진은 깨진 밥그릇을 들고 집으로 돌아와 문간에 앉아 담뱃대를 물었다. 하지만 너무도 서글픈 나머지 담배를 빠는 것도 잊었다. 상아 빨대에다 여섯 자나 되는 상비죽 담뱃대 끝에 달린 백동 곰방대의 불빛이 점점 검게 사그라졌다. 사정이 꽤 다급하게 된 것 같았다. 무슨 좋은 방법이나 계획이 없을까 하고 곰곰이 생각해보았지만 온통 정신이 몽롱해지기만 할 뿐 뚜렷한 결론을 얻을 수 없었다.

"변발은 어떻게 하지, 변발은? 그리고 한 길 하고도 여덟 자나 되는 사모창은? 대가 갈수록 못하다니까! 황제께서는 용좌에 오르셨다. 깨진 밥그릇은 성내에 가서 붙여야 할 텐데. 누가 그를 막아낼 수 있을 것인가? 책에도 조목조목 기록되어 있다니. 에잇, 빌어먹을⋯⋯."

이튿날 아침 그는 전과 다름없이 배를 저어 성내에 들어갔다가 저녁때가 되어서야 루쩐에 돌아왔다. 예의 그 상비죽 담뱃대와 밥그릇을 든 채로 저녁 식사 자리에서 그는 조우진 할머니에게 말했다. 밥그릇을 성내에서 붙이기는 했지만 조각이 워낙 커서 열여섯 개의 구리 못이 들었으며 못은 한 개에 3문이나 해서 모두 48문이나 들었다고 했다.

그의 말을 듣고 난 조우진 할머니는 매우 못마땅하다는 듯이 투덜댔다.

"대가 갈수록 못하다니까. 나는 이제 살 만큼 살았지. 구리 못 하나에 서 문이라니. 옛날의 못은 어떠했던가? 당시의 못은…… 내 나이 일흔아홉까지 살았으니……."

그 후로도 치진은 예나 다름없이 성내에 들어갔지만 집안 형편은 암담하기만 했다. 마을 사람들은 다들 그를 피했고 이제는 성내의 소식을 들으러 오는 사람도 없었다. 치진의 처도 풀이 죽어 툭하면 '죄수'라고 뇌까리곤 했다.

10여 일이 지났다. 치진이 성내에서 돌아오자 마누라가 신바람이 나서 물어왔다.

"성내에서 무슨 소식 못 들었수?"

"아무것도 못 들었는데……."

"황제께서 용좌에 오르시지 않았나요?"

"아무런 말도 없었소."

"시엔훙 주점에서도 말하는 사람이 없던가요?"

"아무도 없었소."

"내가 보기에 황제께서 용좌에 오르지 않은 게 틀림없어요. 오늘 짜오치예의 주점 앞을 지나는데 이번에도 앉아서 책을 읽고 있더라고요. 변발을 다시 머리에 얹었고 장삼도 입지 않고 있었어요."

"……."

"어때요, 용좌에 안 올랐겠지요?"

"글쎄, 나도 그런 것 같은데."

현재 치진은 마누라와 동네 사람들로부터 상당한 존경과 대우를 받고 있다. 여름이 되면 그들은 여전히 집 앞의 흙마당에서 식사를 한다. 그러면 지나가는 사람들도 누구나 웃으면서 인사말을 건넨다. 조우진 할머니도 벌써 여든을 넘겼다. 아직도 불평은 여전하지만 건강하다. 료우진의 토끼 귀 같던 머리는 이제 긴 변발로 자라났다. 새로 전족을 했지만 그래도 엄마를 거들며 열여덟 개의 구리 못으로 때운* 밥그릇을 들고 흙마당을 뒤뚱뒤뚱 쏘다니고 있다.

1920년 10월

---

* 원문의 '열여덟 개'는 '열여섯 개'가 옳을 것이다. 1926년 11월 23일, 작자가 리지예(李霽野)에게 보낸 편지 속에 "료우진 집에 못으로 때운 밥그릇이 있는데 못이 열여섯 개인지 열여덟 개인지 확실히 모르겠다. 어쨌든 둘 중 하나는 틀린 것으로 바로 잡아주면 좋겠다"라는 내용이 있다.

고향[*]

나는 혹독한 추위를 무릅쓰고 2,000여 리나 떨어진, 그리고 20여 년이나 떠나 살았던 고향을 찾기 위해 길을 나섰다.

　때는 이미 엄동이어서 고향에 가까워질 무렵엔 날씨도 음산해졌다. 싸늘한 바람이 선창까지 불어들어와 윙윙거리며 소리를 냈다. 나는 선창의 틈으로 밖을 내다보았다. 잔뜩 찌푸린 하늘 아래에는 몇 개의 을씨년스러운 황촌(荒村)이 여기저기 가로누워 있었으며 생기라고는 없었다. 나도 모르게 서글퍼졌다.

　아! 이게 내가 지난 20년간 한시도 잊지 않고 그리던 고향인가!

　내가 그리던 고향은 결코 이렇지는 않았다. 나의 고향은 너무도 아름다웠다. 하지만 막상 고향의 아름다움을 기억해내려고 하니 머리

---

*　〈고향(故鄕)〉은 1921년 5월 《신청년》의 제9권 제1호에 처음 발표되었다.

에 남아 있는 이렇다 할 만한 인상은 없고 또 고향의 좋은 점을 이야기하려고 해도 할 말이 없었다. 예전의 고향도 이랬던 것만 같다. 결국 나는 자위했다. 고향은 원래 이런 것이려니 하고…… 비록 이렇다 할 발전은 없었을지라도 내가 느꼈던 만큼 그렇게 처량하지도 않으며 단지 이는 내 마음이 변했을 뿐이리라. 사실 이번에 나는 즐거운 심정으로 고향에 온 것은 아니기 때문이다.

내가 이번에 고향에 돌아온 것은 오직 다른 사람들과 이별을 하기 위해서였다. 온 친척이 오랫동안 모여 살던 옛집이 한꺼번에 다른 성(姓)을 가진 자에게 이미 팔려버린 상태였고 집을 양도할 기한이 올해였으므로 정월 초하루 전까진 정든 옛집과 고향을 아주 버리고 내가 밥벌이를 하는 타향으로 떠나야 했기 때문이었다.

이튿날 아침 일찍이 나는 우리 집 대문에 당도했다. 날씨는 맑았고 지붕의 기와에는 메말라버린 수많은 풀들이 줄기가 꺾인 채 바람에 나부끼고 있었다. 바로 이 옛집의 주인이 바뀌지 않을 수 없었던 까닭을 말해주는 것이리라. 몇몇 방에 살던 일가도 이미 이사를 해버려 집 안에는 정적만 감돌았다. 내가 도착하자 어머니는 반갑게 나와 맞아주셨고 곧 이어 여덟 살 난 조카 홍얼(宏兒)이 뛰쳐 나왔다.

어머니는 무척 반가워하셨지만 처량한 기색이 가득했다. 나는 잠시 휴식을 취하며 차를 마시면서도 이사에 관한 이야기는 하지 않았다. 홍얼은 나를 본 적이 없기 때문인지 먼발치의 맞은편에 서서 나를 바라보고만 있었다.

하지만 마침내 우리는 이사에 관한 이야기를 나누게 되었다. 내가 객지에 이미 살 집을 세들어놓았으며 몇 가지 가구까지 사 놓았는데 집 안에 있는 목기(木器)들을 처분해서라도 장만해야 할 것이 더 있다고 말씀드리자 어머니께서도 좋다고 하시면서 그렇지 않아도 짐은 대강 다 꾸려놓았고 가져가기 힘든 물건들은 대강 팔아치웠지만 몇 푼 받지 못했노라고 하셨다.

"한 이틀쯤 쉬었다가 가까운 일가 친척이나 찾아뵙고 떠나려무나."

어머니의 말씀이셨다.

"그래야지요."

"그리고 룬투(閏土) 있지 않니? 우리 집에 올 때마다 네 소식을 묻곤 했지. 몹시 보고 싶은 모양이더라. 네가 돌아올 날짜를 이미 알려주었으니 아마 한번 찾아올 거다."

이때 나의 뇌리에는 별안간 신기한 정경이 떠올랐다. 짙은 남색의 하늘에는 황금빛 둥근 달이 걸려 있고 그 아래에는 푸른 수박이 끝없이 심긴 해변가 모래밭이었다. 그 가운데서 목에 은목걸이를 한 열두 살 난 소년이 손에 쇠스랑을 쥐고서 챠*라는 놈을 향해 힘껏 찌른다. 그러면 그놈은 몸을 얼른 비켜 가랑이 사이로 도망치고 만다.

그 소년이 바로 룬투였다. 내가 그를 알게 된 것은 여남은 살 때였으므로 벌써 30년 가까이 되었다. 당시만 해도 아버님이 살아 계셨고 집안 형편도 좋아서 나는 그야말로 도련님이었다. 그해 우리집에

---

* 짱이핑(章衣萍)이 뽀리에웨이(柏烈韋, 즉 루쉰 소설의 러시아어 번역자)에게 보낸 편지에서 '챠'에 대해 루쉰에게 물은 적이 있는데, 당시 루쉰은 챠(猹) 자는 자기가 만든 것으로 너구리 종류와 비슷한 동물이라고 했다고 한다.

는 커다란 제사가 돌아오고 있었다. 그 제사는 30년만에 한 번씩 돌아오는 만큼 특별히 정중하게 치렀다. 정월에 조상의 신위를 모시게 되는데 제물도 매우 풍성하고 제기(祭器) 또한 완벽하게 구색을 갖추었으며 참석하는 사람도 굉장히 많았다. 제기는 도둑맞지 않게 각별히 신경을 써야 했다.

우리 집에는 망월(忙月)이 하나뿐이었는데(당시 우리 고장에서는 일꾼을 셋으로 나누었다. 즉 1년 내내 고정적으로 거들어주는 사람을 장년(長年)이라 했으며 하루하루 품팔이를 하는 사람을 단공(短工)이라 했고, 설날이나 명절 그리고 소작료를 거두어들일 때만 와서 거드는 사람을 망월이라 했다) 큰 제사가 끼게 되자 혼자서는 도저히 일손을 감당할 수가 없었다. 그래서 그는 아버님께 말씀드려 자기의 아들인 룬투를 불러와 제기를 간수하도록 하면 좋을 것 같다고 했다.

아버님은 그렇게 하라고 허락하셨고 나 또한 그렇게 되니 무척이나 반가웠다. 룬투란 이름은 진작부터 들어 알고 있었기 때문이었다. 그는 나와 비슷한 나이로 윤달 태생인데 5행 중 토기(土氣)가 결여되었다고 하여 그의 부친이 룬투라고 이름을 지어주었다는 사실도 알고 있었다.* 그는 덫 같은 것을 놓아 새를 잘도 잡았다.

나는 매일같이 설날이 오기만을 기다렸다. 설날이 되면 룬투도 올

---

* 옛날 중국에 있었던 일종의 미신이다. 사람이 태어난 연월일시(年月日時)에다 천간지지(天干地支, 즉 甲乙丙丁과 子丑寅卯 등)를 배합하여 소위 '팔자(八字)' 라는 것을 만들었다. 이 팔자는 5행(五行) 중에 각기 해당되는 것이 있는데 '오행 중 토기(土氣)가 결여되어 있다'란 말은 팔자 중에 토(土)에 해당되는 것이 없음을 의미한다.

것이기 때문이었다. 마침내 섣달이 다 가던 어느 날, 룬투가 왔노라고 어머니께서 일러주셨다. 나는 너무도 반가운 나머지 얼른 뛰쳐나가보았다. 그는 그때 부엌에 있었다. 자색의 둥근 얼굴에다 머리에는 털모자를 쓰고 있었으며 목에는 번쩍번쩍 빛나는 은목걸이를 걸고 있었다. 이것만으로도 그의 아버지가 얼마나 그를 애지중지했는지 알 수 있었다. 죽기라도 하면 어쩌나 해서 부처님께 소원을 빌어 목걸이로 그의 목을 묶어놓았다. 그는 무척이나 수줍어했지만 나에게만은 아무런 두려움도 없었다. 그래서 사람이 없을 때면 곧잘 이야기도 나누었기 때문에 우리는 반나절도 못 가 친숙해졌다.

그 당시 무슨 말을 주고받았는지는 기억나지 않지만 그가 신이 나서 하던 말 중에 성내에 가서 그동안 보지 못했던 것을 많이 보았노라고 했던 것만은 아직도 기억이 난다.

이튿날이 되자 나는 그에게 새를 잡아달라고 졸랐다. 그러자 그가 말했다.

"안 돼. 반드시 눈이 많이 내려야 해. 우리가 사는 곳에서는 모래밭에 눈이 내리면 눈을 쓸어내 맨땅이 드러나게 해놓고는 짤막한 막대기로 커다란 대나무 소쿠리 같은 것을 받쳐놓지. 그 속에 쌀겨를 뿌려놓고 먼발치에서 막대기에 묶어놓은 새끼줄을 잡고 있다가 새가 와서 먹을 때 휙 잡아당기거든. 그러면 새는 영락없이 갇히고 말지. 무슨 새든지 다 있어. 참새, 뾰쪽새, 비둘기, 파랑새 등등……."

그래서 나는 눈이 오기를 손꼽아 기다렸다.

그는 또 나에게 말했다.

"지금은 너무 춥다. 여름이 되거든 우리 집에 놀러 오렴. 낮에 해변에 나가 조가비를 줍는데 붉은 것도 있고 파란 것도 있어. 그리고 귀신잡이 조개도 있고 관음보살 손바닥 조개도 있단다. 밤에는 아버지와 함께 수박밭에 나가 수박을 지켜. 너도 함께 갈 수 있어."

"도둑놈을 지키는 거야?"

"아니야. 길 가던 사람이 목을 축이려고 한 개 따먹는 것쯤이야 우리는 훔치는 것으로 여기지 않지. 우리가 지키는 것은 두더지나 고슴도치, 챠란다. 달이 훤히 비치는 땅바닥에 귀를 기울여보면 바스락거리는 소리가 들리지. 그것은 챠란 놈이 수박을 갉아먹는 소리야. 그러면 쇠스랑을 들고 살금살금 다가가서……."

당시 나는 '챠'라는 동물이 어떤 놈인지 통 알 수가 없었다. 하기야 지금도 모르고 있지만. 그저 강아지같이 생긴 데다 매우 사나울 것으로만 막연하게 여겼다.

"사람은 물지 않니?"

"쇠스랑이 있잖아. 가까이 다가가 그놈이 보이면 냅다 찔러버리면 되는 거야. 그런데 그놈이 얼마나 영리한지 오히려 사람을 향해 돌진해와서는 가랑이 사이로 빠져나가지. 털도 기름처럼 매끄럽고 말이야."

나는 그때까지만 해도 세상에 그렇게도 신기한 일이 많은지 몰랐다. 해변에는 형형색색의 조가비가 있고 수박에도 이렇듯 위험한 내력이 있다니. 옛날에는 수박이란 그저 과일 가게에 내놓는 것으로만 알고 있었다.

"우리가 살고 있는 그 모래밭은 말이야, 조수가 밀려올 때면 날치가 수없이 뛰어오른단다. 놈들은 모두 청개구리와 같은 두 다리를 하고 있지."

아! 룬투의 가슴속에는 신기한 일들이 얼마나 많은가! 그 모두가 당시 내가 사귀고 있던 친구들은 모르고 있는 것들이었다. 그들은 그와 같은 일들을 알지 못했다. 룬투가 바닷가에서 노닐 때, 그들과 나는 뜰의 높은 담장에 갇힌 채 네모진 하늘만 쳐다볼 뿐이었다.

아쉽게도 정월도 지나가고 말았다. 룬투도 이제 집으로 돌아가야만 했다. 나는 조급한 나머지 마구 울어댔고 룬투 또한 부엌에 처박힌 채 울어대면서 나오려 하지 않았다. 하지만 결국 그는 아버지의 손에 이끌려 떠나고 말았다. 그 뒤 그는 자기 아버지 편에 조가비 한 봉지와 아름다운 새의 깃털을 보내왔고 나도 두어 번 물건을 보내곤 했지만 그때부터 우리는 더 만나지 못했다.

어머니께서 그의 이야기를 하시자 나의 뇌리에는 어릴 적 기억이 별안간 떠오르기 시작했다. 마치 나의 아름다운 고향을 보는 것 같았다. 나는 맞장구치듯 말했다.

"그 참 잘됐군요! 그 사람…… 어때요?"

"그 사람? 여전히 형편이 좋지 않아."

이렇게 말씀하시면서 어머니는 밖을 내다보셨다.

"사람들이 왔군. 목기를 사겠다고 하면서 닥치는 대로 물건을 집어가니 나가봐야겠구나."

어머니는 일어나시더니 밖으로 나가셨다. 대문 밖에서 몇 사람의 여자 목소리가 들려왔다. 나는 얼른 홍얼을 내 앞에 불러놓고 이야기를 나누었다. 글씨는 쓸 줄 아는지, 밖에 나가서 살고 싶지는 않은지 물었다.

"기차를 타고 가나요?"

"그럼, 기차를 타지."

"배는요?"

"먼저 배를 탄단다."

"아니! 이렇게 변했구료! 수염도 많이 자랐구!"

갑자기 귀를 찢는 듯한 소리가 들려왔다. 나는 깜짝 놀라 고개를 들어보았다. 광대뼈가 툭 튀어나오고 얄팍한 입술을 한 50대 여인이 내 앞에 서 있었다. 두 손을 허리춤에 꽂고 치마도 안 입은 채 두 다리를 쩍 벌리고 서 있는 폼이 제도기의 컴퍼스처럼 오똑했다.

나는 깜짝 놀랐다.

"나를 모르겠수? 내가 안아주기까지 했는데!"

나는 점점 더 놀랄 수밖에 없었다. 마침 어머니께서 들어오셔서 말씀하셨다.

"오랫동안 객지 생활을 하다 보니 까맣게 잊어버린 모양이네. 너도 기억이 날 텐데……."

그러시면서 나를 쳐다보시더니 말씀하셨다.

"맞은편에 사셨던 양 씨네 둘째 아줌마란다. 두부 가게를 하셨던."

아아! 그제서야 생각이 났다. 내가 어렸을 때 맞은편에 있던 두부 가게에 종일토록 앉아 있던 양씨네 둘째 아줌마. 사람들은 '두부시스(豆腐西施)'라고 불렀지. 하지만 그때는 분을 발라서였는지 지금처럼 광대뼈도 나오지 않았고 입술도 그렇게 얇지 않았던 것 같은데. 게다가 종일토록 앉아만 있었기 때문에 오늘처럼 컴퍼스 같은 자세는 전혀 보지 못했다. 당시 사람들은 그녀 덕분에 두부 가게가 썩 잘된다고들 했다. 하지만 아마도 내 나이 탓이겠지. 나는 그런 말에 조금도 감화를 받지 못했기 때문에 까마득히 잊어버리고 말았다.

그러나 그녀는 불만이 많았다. 멸시하는 듯한 기색이 역력했다. 마치 프랑스 사람이 나폴레옹도 모르고 미국 사람이 워싱턴도 모르냐는 듯이 냉소 섞인 목소리로 말했다.

"잊었수? 역시 귀하신 분의 눈은 높다니까."

"그럴 리야 있겠습니까…… 저……."

나는 당황해서 일어나면서 말했다.

"쉰(迅) 도련님, 당신은 이제 부자가 되었는데 옮기기도 여간 무겁지 않을 이 따위 다 깨진 목기들은 무엇에 쓸려우? 나나 줘버리지. 나처럼 가난한 사람들에게는 유용할 테니까."

"저는 부자가 아니에요. 이것들을 팔아야만 다시……."

"에그머니나, 도대*까지 되시고도 부자가 아니라고 하시우? 지금 작은댁을 셋이나 거느리고 있고 집을 나서면 여덟 가마꾼이 메는 거대한 가마까지 갖고 있으면서도 부자가 아니라 니. 흥! 아무리 해도 나를 속이지는 못한다우."

나는 아무 말도 할 수 없음을 알았다. 그래서 곧 입을 다문 채 묵묵히 서 있기만 했다.

"어이쿠, 사람이란 돈이 있을수록 꼭 쥐고 내놓으려고 하지 않는 다니까. 하기야 그럴수록 돈이 생기겠지만 말이야……."

컴퍼스는 얼굴 가득 화가 나서 몸을 홱 돌리더니 뭐라고 다시 중

---

* 道台, 관리 나리(옮긴이 주)

얼거리면서 밖으로 천천히 걸어나갔다. 그러면서도 어머니의 장갑 한 켤레를 슬쩍 허리춤에 쑤셔넣어 가지고 나가는 것이었다.

그 뒤 가까이 사는 일가와 친척들이 나를 찾아왔다. 나는 한편으로 그들을 응대하면서도 한편으로는 물건들을 정리하기에 바빴다. 이렇게 해서 사나흘이 지나갔다.

매우 쌀쌀한 어느 날 오후였다. 점심을 먹고 난 뒤 차를 마시며 앉아 있는데 밖에서 사람이 들어오는 기척이 있어 얼른 고개를 돌려보았다. 순간 나도 모르게 깜짝 놀라 황급히 뛰어나가 맞이했다.

룬투가 온 것이었다. 나는 첫눈에 그를 알아보기는 했지만 그는 이미 내가 생각하고 있던 룬투가 아니었다. 키는 한 배나 더 커 있었고 옛날 자색의 둥글던 얼굴도 이제는 누렇게 변하고 말았으며 주름살이 깊게 패여 있었다. 눈도 그의 부친처럼 주위가 온통 벌겋게 부어 있었다. 해변에서 농사를 짓는 사람들은 하루 종일 바닷바람에 시달려야 하기 때문에 그런 것이리라. 머리에는 다 떨어진 털모자를 쓰고 있었으며 몸에 걸친 것이라고는 얇은 솜옷 한 벌뿐으로 전신이 초라하고 가냘프게 보였다. 손에는 종이 봉지 한 개와 긴 담뱃대를 들고 있었는데 그 손 역시 내가 기억하고 있던 것처럼 붉고 토실토실한 손은 아니었다. 거칠고 투박한데다 갈라지기까지 해서 마치 소나무 껍질 같아 보였다.

나는 무척이나 흥분하고 있었지만 어떻게 말을 꺼내야 좋을지 몰라 그저 "오! 룬투 형…… 오셨구려"라고만 했을 뿐이었다.

곧 이어 내 입 속에서는 수많은 말들이 구슬처럼 꿰어져 용솟음쳤다. 뾰쪽새, 뛰는 고기, 조개, 챠…… 그러나 이상하게도 무엇에 막혀버린 듯 머릿속에서만 맴돌 뿐 입 밖으로 나오지 않았다.

그는 우뚝 섰다. 얼굴에는 반가움과 처량한 기색이 동시에 나타났다. 입술이 움직이는 듯했지만 그 역시 아무 말도 하지 못했다. 마침내 그는 공경하는 태도를 보이면서 똑똑한 목소리로 말했다.

"나리……."

그 말을 듣는 순간 나는 소름이 끼치는 듯했다. 우리 사이에도 이미 이토록 슬프고도 두터운 장벽이 가로막혀 있었음을 나는 비로소 깨달았다. 나 역시 아무 말도 나오지 않았다.

그는 고개를 돌리더니 말했다.

"쉐이성(水生)아, 나리께 인사드려라" 하면서 등 뒤에 숨어 있던 아들을 끌어냈다. 그야말로 바로 20년 전의 룬투였다. 다만 좀 누렇고 마른 데다 목에 은목걸이만 없었을 뿐.

"다섯째 아들놈이지요. 세상 구경을 못해 이리도 어리둥절한 모양입니다."

그때 어머니와 훙얼이 아래층으로 내려왔다. 우리가 하는 이야기를 들은 모양이었다.

"마님, 보내주신 편지는 진작부터 받았지요. 나리께서 오신다는 것을 알고 얼마나 반가웠는지……."

룬투가 말했다.

"아! 자네 왜 그렇게 어려워하나? 둘은 옛날에 서로 호형호제하던 사이가 아니었나. 옛날처럼 쉰 형 하고 부르게."

어머니는 신이 나서 말씀하셨다.

"어이쿠, 마님도 정말. 그게 될 법이나 합니까? 그거야 어렸을 적

아무 철도 없을 때나 그랬습지요."

룬투는 그렇게 말하면서 다시 아들에게 인사를 올리라고 시켰다. 아들은 도리어 부끄러움을 타면서 더욱더 그의 등 뒤에 바싹 달라붙는 것이었다.

"저 애가 쉐이성이라고? 다섯째지? 모두 낯선 사람들뿐이라 수줍어할 만도 하지. 홍얼하고 나가 놀려무나."

어머니께서 다시 말씀하셨다.

이 말을 듣자 홍얼은 얼른 그를 손짓해 불렀고 둘은 신이 난 듯 밖으로 나갔다. 어머니가 앉으라고 해도 룬투는 한참이나 머뭇거리더니 겨우 자리에 앉았다. 긴 담뱃대를 탁자 옆에 놓더니 종이 봉투 하나를 건네주면서 말했다.

"겨울이라 이렇다 할 게 없지요. 얼마 되지는 않지만 집에서 말린 푸른 콩입니다. 받아주시지요, 나리."

나는 그의 형편에 대해 물었지만 그는 머리만 흔들 뿐이었다.

"아주 어렵습지요. 여섯째 아들놈까지 거들긴 하지만 먹고살기에도 부족하답니다. 게다가 세상이 어수선해서…… 어딜 가나 돈을 요구하고 일정한 법칙도 없고요. 수확조차 좋지 않으니. 곡식을 거두어 메고 나가 팔아봐야 몇 푼 되지도 않고 오히려 밑지기만 하는 걸요. 그렇다고 팔지 않자니 썩어버리겠고……."

그는 머리만 흔들 뿐이었다. 얼굴에는 숱한 주름이 새겨져 있었지만 마치 석상(石像)처럼 꼼짝도 하지 않았다. 형편이 매우 고달프다는 것은 느끼고 있으면서도 실제로 형용해내지는 못하는 것 같았다. 그는 한참 침묵을 지키고 있더니 담뱃대를 들고 묵묵히 빨았다.

어머니께서 묻자 그는 집에 일이 많아 내일 돌아가야 한다고 했으며 아직 점심도 못 먹었다고 하자 어머니께서는 손수 부엌에 가서 밥을 볶아 먹도록 하셨다.

그가 부엌으로 가자 어머니와 나는 그의 형편을 탄식했다. 아들은 많고 흉년이 들었으며 게다가 가혹한 세금과 군벌, 비적(匪賊), 관가, 선비들의 등쌀 때문에 시달리다 못해 이젠 목각 인형처럼 굳어진 것이다. 그러자 어머니께서는 옮겨 갈 필요가 없는 물건은 모두 그에게 주기로 하고 마음대로 골라 가게 하셨다.

오후에 그는 몇 점의 물건을 골라냈다. 탁자 두 개와 의자 네 개, 그리고 향로와 촛대, 저울 하나였다. 그는 또 재(당시 우리들은 밥을 지을 때 볏짚을 태웠다. 그때 나온 재는 모래땅의 비료로 사용되었다)도 가져가겠다며 우리가 떠날 때 배로 실어 가겠노라고 했다.

밤이 되자 우리는 한담을 나누었지만 모두가 대수롭지 않은 이야기들뿐이었다. 이튿날 아침 룬투는 아들 쉐이성을 데리고 가버렸다.

다시 아흐레가 지났다. 마침내 우리가 이사하는 날이 되었다. 그날 룬투는 아침 일찍 왔는데 쉐이성 대신 다섯 살 난 딸아이를 데리고 와서 배를 지키게 했다. 우리는 온종일 바빴기 때문에 그와 잡담을 나눌 시간이 없었다. 손님들도 꽤 많이 왔다. 우리를 전송하러 온 사람, 물건을 가져가기 위해 온 사람, 또는 전송 겸 물건을 가져가기 위해 온 사람들이었다. 저녁때가 되어 우리가 배를 탈 무렵이 되자 옛집에 있었던 온갖 잡동사니들은 일찌감치 다 쓸어가버리고 하나도 남아 있지 않았다.

우리가 탄 배는 앞을 향해 나아갔다. 강 양쪽에는 청산이 황혼에

물들고 검푸른색으로 변해 연신 배후미 쪽으로 지나쳐갔다.

홍얼과 나는 선창에 기댄 채 밖의 어스름한 풍경을 쳐다보고 있었다. 그때 별안간 홍얼이 물었다.

"큰아버지! 우리는 언제 다시 돌아오나요?"

"돌아오다니? 아직 떠나지도 않았는데 벌써 돌아올 것부터 생각을 해?"

"하지만 쉐이성이랑 그애 집에서 놀기로 약속했거든요……."

홍얼은 크고 새까만 눈동자를 굴리면서 멍하니 생각에 잠겼다.

어머니와 나는 둘 다 망연자실해 있다가 룬투 이야기를 꺼냈다. 어머니께서 말씀하셨다. 그 '두부시스'라는 양씨네 둘째 아줌마는 우리가 짐을 정리할 때부터 하루도 빠짐없이 우리 집에 왔는데, 그저께 잿더미 속에서 열 개가 넘는 그릇을 꺼냈다고 했다. 그녀는 한바탕 떠들썩하게 떠벌리고 난 뒤 그것은 틀림없이 룬투가 한 짓으로서 물건을 옮겨 갈 때 함께 배에다 싣고 가려고 했다고 했다. 양씨 아줌마는 그것을 발견한 것이 마치 큰 공이라도 되는 양 이번에는 구기살*까지 슬쩍 챙겨가지고는 부리나케 달아나버렸다. 뒤꿈치를 높게 돋운 전족을 한 작은 발로 그렇게도 빨리 달아나더란다.

옛집은 더욱더 멀어져만 갔고 고향 산천도 점점 나에게서 멀리 떨어져갔다. 그러나 나는 아무런 미련도 느끼지 못했다. 다만 나는 사

---

* 狗氣殺, 이것은 우리 고장에서 닭을 치는 데 사용하던 기구였다. 나무판 위에 난간이 세워져 있고 그 난간에다 모이를 담아두면 닭은 목을 주욱 빼넣어 쪼아 먹을 수 있지만 개는 그렇게 할 수가 없어 미친 듯이 날뛴다. (옮긴이 주)

방에 눈에 보이지 않는 높은 담장이 둘러쳐져 있는 것만 같아서 고립된 듯 매우 답답하게만 느껴질 뿐이었다. 은목걸이를 한 수박 밭의 작은 영웅의 모습은 본래 매우 선명했었는데, 이제는 갑자기 모호해져 나를 비애의 구렁텅이에 빠지게 했다.

어머니와 홍얼은 잠에 빠져 있다.

나는 누웠다. 배 밑바닥에서는 찰싹이는 물소리가 들려왔다. 나는 이제 나의 길을 가고 있음을 알게 되었다. 나는 생각해보았다. 결국 룬투와는 이 지경까지 격리되고 말았지만 우리들의 후손은 그래도 한 덩어리다. 홍얼은 바로 쉐이성을 생각하고 있지 않았던 가? 나는 그들이 나처럼 남들과 담을 치지 않게 되기를 바란다. 또한 한 덩어리가 되기 위해 나처럼 고생스럽게 전전해가면서 살기도 원치 않을뿐더러, 룬투처럼 고달프고 마비된 생활을 영위하는 것도 원치 않으며 남들처럼 고생에 찌들어 방자한 생활을 하는 것도 원치 않는다. 그들에게도 새로운 삶, 우리들이 미처 영위해보지 못했던 삶이 있어야 할 것이다.

나는 희망을 생각하게 되자 갑자기 무서워졌다. 룬투가 향로와 촛대를 요구할 때 나는 속으로 그를 비웃었다. 나는 그가 아직도 우상을 숭배하고 있으며 한시도 잊지 않고 있구나 하고 여겼다. 그러나 지금 내가 말하는 희망이라는 것 역시 나 스스로 만들어낸 우상이 아닐까? 다른 점이라면 그의 희망은 절박한 것인 데 비해 나의 희망은 막연하고 아득한 것이라는 점뿐이다.

몽롱한 가운데 눈앞에는 해변의 푸르른 모래밭이 떠올랐다. 짙은 남색 하늘에 바퀴처럼 둥근 황금의 보름달이 떠 있다. 나는 생각해보았다. 희망은 본디 있다고 할 것도 아니고 또 없다고 할 것도 아니라는 사실을. 마치 땅 위의 길과 같다. 원래는 존재하지도 않았던 것이 많은 사람이 다니면서 저절로 생겨난 것처럼.

1921년 1월

백광[*]

천스청(陳土成)이 현시(縣試)의 방(榜)을 보고 집으로 돌아올 때 는 이미 오후가 되어 있었다. 그는 아침 일찍 방을 보러 가자마자 우선 천 자부터 찾기 시작했다. 천자는 적지 않았으며 앞을 다투어 눈에 들어왔지만 하나같이 '스청'이란 두 글자는 아니었다. 그래서 이번에 는 처음부터 다시 12장짜리 방문(榜文)의 둥근 그림**을 꼼꼼하게 찾 아보았다. 방을 보고 있던 사람들은 어느새 다 흩어졌고 천스청이라 는 이름은 끝내 보이지 않았다. 그는 홀로 시험장의 벽 앞에 우뚝 서

---

* 〈백광(白光)〉은 1922년 7월 10일《동방잡지(東方雜誌, 반월간)》제19권 제13호 에 처음 발표되었다.

** 봉건시대 과거시험의 방문(榜文)은 계산하기 편하게 하기 위해 50명 단위로 둥 글게 기록했다. 즉 장원을 맨 위에 크게 쓰고 그다음부터는 시계 방향으로 써 나 가 50등의 급제자를 장원의 왼쪽에 써넣었다.

있었다.

싸늘한 바람이 반백이 다 된 그의 머리를 흩날리게 했지만 초겨울의 햇빛은 그래도 따뜻하게 비치고 있었다. 그러나 그는 햇빛에 현기증을 일으킨 사람처럼 안색은 갈수록 창백해져갔고 피로에 지쳐 붉게 부어오른 두 눈에서는 이상한 섬광이 뿜어져 나왔다. 이미 그의 눈에는 담벽에 붙어 있던 방문의 모습은 보이지 않았고 새카만 동그라미만 수없이 어른거릴 뿐이었다.

수재가 되어 성(省)에 가서 향시(鄕試)를 본다. 파죽지세로 관문을 뚫고 급제하면…… 내로라 하는 선비들이 온갖 방법을 다동원하여 구혼을 해올 것이다. 사람들은 신명(神命)을 우러러보듯 경외심을 가지고 대할 것이다. 그리고 이제까지 나를 멸시했던 자들은 깊이 뉘우치고 넋을 잃을 테지…… 내 낡은 집에 세 들어 살고 있는 잡성(雜姓) 놈들도 쫓아내버리자. 아니, 그렇게 할 필요도 없을 거다. 놈들이 알아서 이사를 가버릴 테니까. 그러면 집을 온통 새롭게 단장하고 대문에는 깃발과 편액을 장식해야지. 청렴고결하면 경성의 관직도 지낼 수 있겠지만 그러지 못 할 바에야 지방관을 지내는 것도 괜찮지…….

평소부터 잔뜩 꿈에 부풀어 있던 앞길이 순간 물에 젖은 설탕탑처럼 일시에 무너져내려 한 무더기의 조각만 남은 것 같았다. 그는 자신도 모르는 사이 심신이 뒤숭숭해져서 풀이 죽은 채 집으로 돌아왔다.

그가 막 대문 앞에 당도하자 일곱 명의 학동들은 일제히 목청을 높혀 책을 읽느라 재잘대기 시작했다. 그는 깜짝 놀랐다. 귓가에는 요란한 소리가 웅성거리듯 들려왔고 조그만 변발을 늘어뜨린 일곱 개의 머리가 눈 앞에 어른거렸다. 그 모습이 방 안 가득 들어차 눈을 어지럽혔고 그 속에는 검은 동그라미까지 뒤섞여 춤추고 있었다. 그는 자리에 앉았다. 학동들은 저녁 과제물을 내밀면서 연신 그의 안색을 살폈다.

"돌아가거라."

그는 잠시 망설이고 나서 참담한 심정으로 말했다.

그들은 한바탕 책보를 챙기더니 이윽고 팔에 낀 채 우르르 빠져나갔다.

천스청의 눈에는 아직도 수많은 조그마한 머리들이 검은 동그라미와 뒤섞인 채 춤을 추고 있었다. 마구 뒤섞여 있다가 어떤 때는 이상한 그림으로 진열되기도 했다. 그러다가 점점 사라지더니 끝내는 모호해지고 말았다.

"이번에도 끝장이야!"

그는 깜짝 놀란 나머지 펄쩍 뛰었다. 분명히 귓가에서 들려왔기 때문이었다. 얼른 고개를 돌려보았지만 아무도 보이지 않았다. 귀에서는 또다시 웅웅거리는 소리가 들리는 듯했다. 그래서 자신도 중얼거렸다.

"이번에도 끝장이군!"

별안간 그는 한 손을 들었다. 손가락을 꼽으면서 생각에 잠겼다. 열하나, 열세 번째. 그러니 금년은 열여섯 번째가 되는 셈이다. 문장을 이해하고 있는 시험관은 끝내 없었다. 다들 동태 눈깔을 하고 있으니 그것 또한 가련한 노릇이었다. 그는 자신도 모르게 실소가 터져

나왔다. 그리고 화가 치솟았다. 책보 밑에서 베껴온 팔고문*과 시구(詩句)를 꺼내가지고 밖으로 나갔다. 막 대문을 나서는데 빛이 눈에 가득 들어왔다. 한 떼의 닭들마저 자신을 비웃고 있지 않은가. 별안간 심장이 방망이질을 해왔다. 그는 방 안으로 되돌아오고야 말았다.

그는 또다시 자리에 앉았다. 눈빛이 이상하리만큼 번쩍였다. 수많은 물건을 쳐다보았지만 모두가 모호할 뿐이었다. 무너져 내린 설탕탑처럼 되어버린 앞길이 자기 앞에 가로누워 있다. 그 길은 자꾸만 커지면서 자신의 모든 길을 막아버렸다.

다른 집에서는 이미 밥짓는 연기도 그쳤고 그릇이며 젓가락도 이미 챙겼건만 천스청은 밥조차 짓지 않고 있었다. 한집에 살고 있는 잡성 놈들은 전례(前例)를 잘 알고 있는 터였다. 현시가 있는 해에 방문이 나붙고 난 뒤 그의 이 같은 눈빛만 보면 으레 일찌감치 문을 닫고 얼씬도 않는 것이 상책이었다. 우선 최초로 나타난 현상이 인기척이 끊긴 것이고 곧 이어 등불이 꺼졌다. 이때쯤이면 달빛만이 싸늘한 밤하늘을 서서히 비추기 시작한다.

하늘은 한 조각의 벽해 같고 간혹 구름만이 분필 가루를 흘린 듯 뿌옇게 그어져 있었다. 달은 그를 향해 싸늘한 빛을 쏘아 댔다. 달은 처음에는 갓 만들어낸 쇠거울 같을 뿐이었다. 그러던 것이 신비하게도 천스청의 전신을 뚫어지듯 비추더니 이내 그의 몸에서는 싸늘한 달그림자가 투영되어 나왔다.

그는 여전히 집 밖의 뜰에서 배회하고 있었다. 이제는 눈도 좀 맑

---

* 八股文, 일종의 문체로서 명·청 양대에서 과거시험에 채택되었다.(옮긴이 주)

아졌고 주위 또한 정적에 휩싸였다. 그러나 정적은 별안간 아무 까닭도 없이 그의 마음을 심란하게 만들었다. 그의 귀에서는 또다시 다급하고도 나지막한 목소리가 들려왔다.

"좌로 돌고, 우로 돌아……."

그는 우뚝 섰다. 그리고 그가 귀를 기울이는 순간 정체불명의 그 목소리는 또다시 목청을 돋우어 말했다.

"우로 돌아!"

그는 기억해냈다. 그러니까 이 뜰로 말하자면 그의 집안이 지금처럼 몰락하지 않았을 때 여름밤만 되면 매일같이 할머니와 함께 더위를 식히곤 하던 곳이었다. 당시 그는 여남은 살의 아이였고 대나무 평상에 누워 있으면 할머니는 옆에 앉아 재미있는 옛날이야기를 들려주시곤 했다. 그 할머니도 당신의 할머니에게 들은 이야기라고 하시면서 다음과 같이 말씀하셨다. 즉 천 씨의 조상은 거부였고 이 집은 곧 조상의 터전이었다. 그 조상은 무수한 은 덩어리를 이곳에다 묻어놓는데 복 받은 자손이라면 반드시 그 은을 가질 수 있다고 했다. 그런데 아직까지도 발견되지 않고 있다고 했다. 다만 은이 묻힌 자리는 아직도 수수께끼에 쌓여 있다고 했다.

"좌로 돌고 우로 돌아 앞으로 갔다가 뒤로 가면 엄청난 금과 은이 묻혀 있지."

그는 이 수수께끼 같은 말을 두고 평소에도 늘 남몰래 추측해보곤 했었다. 그러나 애석하게도 풀릴 듯하면서도 이내 어긋나버렸다. 한번은 확실한 짐작이 서기도 했다. 틀림없이 세를 준 탕(唐) 씨 집 아래에 있을 것 같았다. 그러나 파낼 용기가 나지 않았다. 그러다가 몇 시간이 지나자 또다시 얼토당토않을 것만 같았다.

그의 집에도 전에 파보았던 흔적이 몇 군데 남아 있다. 그가 옛날 과거에 몇 번이나 낙방하고 난 뒤 미친 사람처럼 한 짓이었다. 나중에 자신이 보아도 부끄러웠을 뿐만 아니라 남에게도 창피하게만 느껴졌다.

그러나 오늘은 상황이 달랐다. 싸늘한 달빛이 그를 온통 휘감고 있었고 게다가 부드럽게 무언가를 전하고 있었다. 그는 잠깐 망설이다가 달빛이 그에게 어떤 확신을 준 데다 음산하게 재촉까지 하고 있었으므로 하는 수없이 다시금 자기의 집을 향해 눈을 두리번거렸다.

교교한 백광(白光)은 마치 백단선*처럼 그의 방을 너울너울 비추고 있었다.

"그래, 여기야!"

그는 중얼거리면서 사자처럼 날쌔게 방 안으로 들어갔다. 그러나 방 안에 들어서자 백광은 자취도 없이 사라져버렸고 다 부서진 의자 몇 개만이 어둠에 쌓인 채 희미하게 보일 뿐이었다. 그는 실의에 빠진 채 우뚝 섰다. 천천히 눈을 가다듬어 쳐다보니 백광은 또다시 훤하게 비쳐왔다. 이번에는 더욱 컸고 유황 불빛보다도 더 희고 아침 안개보다도 더 희뿌옇게 보였다. 게다가 이번에는 동쪽 벽 쪽에 기대어 있던 책상 아래를 비추고 있는 것이 아닌가?

천스청은 비호처럼 방문 뒤로 달려나와 호미를 더듬었다. 순간 검

---

* 白團扇. 옛날 궁중에서 사용하던 부채. 둥글고 커다랗게 생겼는데 손잡이가 길게 나 있어 서서 부쳤다. 궁선(宮扇)이라고도 한다.(옮긴이 주)

은 그림자와 부딪쳤다. 공연히 두려운 생각이 들어 다른 등불을 켜고 보니 호미가 그곳에 기대어 있었다. 그는 탁자를 밀어붙이고 나서 호미로 커다란 벽돌 네 장을 파냈다. 무릎을 꿇고 내려다보니 여전히 누런 잔모래가 보였다. 소매를 걷어붙인 다음 엎드려서 잔모래를 파내자 검은 흙이 나왔다. 그는 매우 조심스럽게, 그리고 소리 없이 호미질을 해 파내려갔지만 한밤은 너무도 깊은 정적에 휩싸여 있었기 때문에 호미 끝이 땅에 닿는 소리는 둔탁하게만 들려 자는 사람의 귀를 속일 수가 없었다.

구덩이는 두 자가 넘게 파졌지만 옹기의 주둥이는 보이지 않았다. 그는 조바심이 났다. 순간 쩽! 하는 소리와 함께 손이 제법 떨려오면서 아프기까지 했다. 호미 끝이 무슨 딱딱한 것에라도 닿은 모양이었다. 얼른 호미를 팽개치고 만져보니 커다란 벽돌 하나가 그 밑에 있다. 가슴이 마구 방망이질을 쳤다. 정신을 가다듬어 벽돌을 들추어내자 그 아래는 여전히 아까처럼 검은 흙뿐이 아닌가! 그는 엎드린 채 다시 흙을 파냈다. 흙은 끝도 없이 나왔다. 그러더니 별안간 더욱 딱딱하고 조그마한 것이 만져지는 게 아닌가. 이번에는 둥근 것이었다. 녹슨 동전 같기도 했다. 그 밖에 깨진 도자기 조각이 몇 개 있었다.

천스청은 허탈감에 빠졌다. 전신에 땀이 흘러내려 간질거렸다. 그는 마구 긁어댔다. 그러면서도 마음은 허공에서 요동쳤다. 그런데 그 순간 또다시 이상하고도 조그만 것이 손끝에 만져졌다. 말굽 같기도 했지만 느낌이 매우 가벼웠다.

그는 다시 한번 마음을 가다듬어 그것을 파냈다. 조심스럽게 움켜쥐고 등불에 비추어보았다. 군데군데 떨어져나간 꼴이 마치 썩은

뼈다귀 같았다. 빠지지 않고 남은 몇 개의 이빨이 박혀 있었다. 아마도 누군가의 아래턱뼈쯤 되는 모양이었다. 턱뼈는 그의 손바닥에서 꿈틀거리더니 히죽히죽 웃는 것이었다. 마침내는 입까지 벌리는 것이 아닌가.

"이번에도 끝장이군!"

깜짝 놀란 나머지 그는 소름이 끼쳤다. 그와 함께 얼른 손을 놓아버렸다. 그러자 아래턱뼈는 홀연히 구덩이 속으로 들어가버렸다. 그러고 나서 얼마 안 되어 그 역시 뜰로 뛰쳐나왔다. 방 안을 몰래 들여다보니 등불은 여전히 휘황찬란했고 아래턱뼈도 여전히 비웃고 있었다. 그러고 나자 이상하게도 사람이 무서워졌다. 그는 이젠 그곳을 쳐다볼 수 없었다. 그는 멀리 떨어진 처마 밑 어두컴컴한 곳에 누웠다. 그제서야 마음이 좀 편안해지는 것 같았다. 하지만 그런 가운데서도 문득 재잘거리듯 속삭이는 소리가 들려왔다.

"여기에는 없다…… 산으로 가거라……."

천스청은 옛날 대낮 길거리에서 사람들이 그런 말을 하는 것을 들은 적이 있는 것 같았다. 말을 미처 다 듣기도 전에 불현듯 떠오르는 것이 있었다. 그는 얼른 머리를 들어 하늘을 쳐다보았다. 달은 이미 서산 꼭대기로 지고 있었고 멀리 35리나 떨어진 서산 꼭대기가 눈에 들어왔다. 마치 조홀*처럼 우뚝 솟아 있었는데 거대한 백광이 그 주위를 감싸듯 비치고 있었다.

---

* 朝笏, 조정에서 조회 때에 신하들이 손에 들고 서 있던 신분을 나타내던 길다란 나뭇조각(옮긴이 주)

그 백광은 멀리서 자신을 비추었다.

"옳다. 산으로 가자!"

그렇게 마음먹고 나서 그는 처량하게 달려나갔다. 문 여는 소리가 몇 번 들리더니 이내 아무 소리도 들리지 않았다. 커다란 등잔 불이 텅 빈 집과 구덩이를 비추다가 "지지직!" 몇 번 소리를 낸 뒤 그것마저 점점 작아지더니 끝내 없어지고 말았다. 남아 있던 기름이 다 타버린 터였다.

"성문을 열어라!"

한껏 희망에 부푼, 그러나 공포에 잠긴 비명이 서쪽 성문 앞의 여명을 뚫고 실오라기처럼 들려왔다. 마치 신음하듯 외치는 소리였다.

이튿날 정오, 어떤 사람이 서문 밖에서 15리쯤 떨어진 완료우(萬流)호에 떠 있는 시체를 발견했다. 이 소식은 삽시간에 퍼져 마침내 띠빠오*의 귀에까지 들어갔다. 그는 즉시 사람을 시켜 그 시체를 건져 올렸다. 그것은 쉰 살쯤 된 남자 시체였다. 흰 얼굴에 수염이 없었고 아무것도 걸치고 있지 않았다. 누군가는 그자가 바로 천스청이라고 했다. 그러나 이웃집 사람들은 귀찮다고 아무도 가보지 않았으며 시체를 확인하려는 사람도 없었다. 마침내 시체는 현(縣) 위원회의 검시를 거친 뒤 띠빠오가 업고 가 묻어버렸다.

사인(死因)에 대해서는 물론 이의가 없었고, 또 시체의 옷을 벗겨 가는 것도 흔히들 있는 일이었기 때문에 피살을 의심하기에는 부족했다. 게다가 검시관은 물에 빠져 죽은 것이라고 증명했다. 확실히

---

* 地保, 옛날 토지 매매 증명서나 관리의 명령을 전달하던 지방 관리(옮긴이 주)

밑바닥에서 발버둥을 친 듯 그의 열 손가락에 진흙이 잔뜩 묻어 있었기 때문이다.

1922년 6월

토끼와 고양이*

우리 집 뒤뜰에 살고 있는 셋째 아줌마가 여름에 흰 토끼 한 쌍을 샀다. 아이들에게 보여주기 위해서였다.

　한 쌍의 흰 토끼는 어미 곁을 떠난 지 얼마 되지 않은 듯했다. 비록 짐승이었지만 천진난만한 모습을 엿볼 수 있었다. 하지만 작고도 붉으면서 길다란 귀를 쫑긋 세운 채 코를 벌름거렸고 눈에는 두려움과 호기심의 빛이 역력했다. 낯선 이곳이 아무래도 옛집에 있을 때보다는 덜 안심이 되어서이리라. 셋째 아줌마 말로는 토끼 같은 것은 묘회** 때 자기가 직접 나가 사면 마리당 기껏해야 2전이면 살 수 있

---

*　〈토끼와 고양이(兎和猫)〉는 1922년 10월 10일 《신보부간(晨報副刊)》에 처음 발표되었다.

**　廟會, 사묘(寺廟)에서 정기적으로 제사를 올리는 날(옮긴이 주)

는데 소사(小使)를 시켜 사왔기 때문에 1원이나 주었다고 했다.

토끼를 사오자 아이들은 기뻐서 어쩔 줄을 몰랐다. 왁자지껄 우르르 몰려들어 구경을 했고 어른들도 마찬가지였다. 그리고 'S'라고 하는 삽살개도 달려나와 사람들 틈을 비집고 들어가 코로 냄새를 맡더니 곧 이어 재채기를 하고는 뒤로 몇 발짝 물러섰다. 셋째 아줌마가 버럭 소리를 질렀다.

"S, 잘 들어둬! 토끼를 물면 안 돼!"

그러면서 S의 머리를 후려쳤다. 그러자 S는 물러가버렸고 그 뒤로는 절대로 토끼를 물려고 하지 않았다.

토끼 한 쌍은 뒤꼍에 있는 조그만 뜰에 갇혀 지내는 때가 많았다. 들리는 바로는 벽지를 즐겨 찢어버리는 데다 늘 목기의 다리마저 물어뜯기 때문이라고 했다.

조그만 뜰에는 들뽕나무가 한 그루 서 있었는데 떨어진 뽕잎을 어찌나 즐겨 먹는지 먹이로 갖다주는 배추마저 마다했다. 어쩌다 까마귀나 까치가 날아와 쪼아먹기라도 하면 그들은 몸을 웅크리고 뒷발로 힘껏 땅을 내딛는다. "퍼득!" 하는 소리와 함께 솟구치는 모양이 마치 눈덩이가 나는 것 같았다. 그러면 깜짝 놀란 까치는 줄행랑을 놓고 만다. 이렇게 몇 번 하고 나자 그들은 더 접근해오지 않았다. 셋째 아줌마가 말하기를 까치나 까마귀쯤이야 대수롭지 않다고 했다. 먹어봐야 얼마 못 먹기 때문이라고 하면서 진짜 몹쓸 놈은 큼직한 검은 도둑고양이라고 했다. 늘 낮은 담장을 어슬렁거리면서 호시탐탐 노리고 있기 때문에 경계해야 할 놈은 바로 그놈이라는 것이다. 그러나 다행히도 S와 고양이는 원수지간이라 별 탈이 없을 것 같기도 하다고 했다.

아이들은 늘 토끼를 잡기 위해 쫓아다니면서 놀았다. 토끼는 무척이나 순했다. 두 귀를 쫑긋 세운 채 코를 벌름거리면서 아이들의 고사리 같은 손바닥 위에서 온순하게 서 있다가도 틈만 나면 휙 도망쳐 버리곤 했다.

밤이 되면 그들은 조그만 나무 상자 안에서 잤다. 안에는 볏짚이 깔려 있는데 상자는 뒤꼍의 처마 밑에 놓여져 있었다.

이렇게 몇 달이 지나갔다. 토끼들은 느닷없이 땅을 파기 시작했다. 어찌나 빨리 파던지 앞발로 땅을 움켜쥐고 뒷발로 차냈는데 반 나절도 안 가 깊은 동굴 하나가 생겼다.

다들 기이하게 여겨 자세히 살펴본 결과 한 마리의 배가 다른 한 마리보다 유난히 커 보였다. 이튿날이 되자 토끼는 마른 풀과 나뭇잎을 열심히 동굴 속에 채우면서 하루 종일 바쁘게 보냈다.

이제는 다들 신이 났다. 새끼가 나오면 재미있을 것이라고들 했다. 셋째 아줌마는 아이들에게 계엄령을 내렸다. 앞으로는 절대로 토끼를 잡아서는 안 된다고 엄포를 놓았다. 토끼가 새끼를 낳을 것이라는 소식에 어머니께서도 반가워하시면서 젖만 떼면 두 마리를 가져와 창 밖에다 놓고 기르겠다고 하셨다.

이때부터 토끼들은 스스로가 만든 동굴 집에서 살았다. 가끔 밖으로 기어나와 먹이를 먹고는 이내 모습을 감추곤 했다. 미리 먹을 것을 쌓아놓는 것인지 아니면 결국 먹지도 않는 것인지는 알 수 없었다.

다시 10여 일이 지나 셋째 아줌마가 말했다. 두 마리가 또 밖으로 나왔는데 새끼들은 아마도 다 죽었을 거라고 했다. 암컷의 젖은 충분했지만 도대체 젖을 먹이는 것을 보지 못했기 때문이라고 했다. 제법 화가 나서 투덜거렸지만 그녀로서도 할 수 없는 노릇이었다.

하루는 햇살이 매우 따뜻했다. 바람도 없었고 나무도 움직이지 않았다. 별안간 저쪽에서 많은 사람들이 왁자지껄 웃는 소리가 들렸다. 소리 나는 곳을 찾아보니 많은 사람들이 셋째 아줌마네 뒷곁에서 무엇인가 쳐다보고 있었다. 알고 보니 새끼 토끼 한 마리가 뜰에서 뛰어놀고 있었다. 제 부모가 팔려왔을 때보다도 훨씬 더 작았지만 어느새 뒷발질을 하면서 뛰어오르기까지 하는 것이었다. 아이들은 나에게 다투어 말했다. 또 한 마리가 동굴 입구에서 머리를 내밀었다가 금세 들어갔다면서 틀림없이 이놈의 동생일 거라고 했다.

새끼도 풀이나 나뭇잎을 먹을 수 있었지만 어미는 그래도 허락할 수 없다는 듯 새끼들이 먹던 먹이를 입으로 물어가버렸다. 그러면서 자기도 먹지 않았다. 아이들이 까르르 웃자 새끼는 그만 겁에 질린 나머지 냅다 굴속으로 들어가버렸다. 그러자 어미도 굴 입구로 달아나서는 앞발로 새끼의 등을 떠밀었다. 새끼를 밀어넣고 나서는 흙으로 입구를 막아버렸다.

이때부터 뜰은 더욱더 요란해졌고 창가에도 토끼굴을 들여다보는 사람이 종종 나타나게 되었다.

하지만 새끼와 어미의 모습은 끝내 보이지 않았다. 연일 계속된 흐린 날씨였다. 셋째 아줌마는 혹시나 검은 도둑고양이의 마수에 걸려들지 않았나 하는 걱정에 휩싸였다. 나는 그렇지 않을 거라면서 날씨가 추우니까 숨어 있을 테고 해가 나오면 틀림없이 동굴 밖으로 나

222

올 거라고 했다.

　그러나 해가 나온 뒤에도 그들의 모습은 여전히 보이지 않았다. 그래서 다들 토끼의 존재를 잊어버리고 말았다.

　하지만 셋째 아줌마만은 늘 먹이를 갖다주곤 했으므로 한시도 그들을 잊지 않고 있었다. 한 번은 뒤곁에서 놀랍게도 담벽 모서리에 또 다른 조그만 동굴이 있는 것을 발견했다. 그녀는 옛날의 동굴을 쳐다보았다. 어렴풋하게 보였는데 발톱 자국이 많이 있었다. 어미 토끼의 자국이라면 그렇게 크지 않을 것 같았다. 그녀는 담 위에서 어슬렁거렸던 크고 검은 도둑고양이를 의심하기 시작했다. 그녀는 동굴을 파보기로 결심했다. 마침내 그녀는 호미를 갖고 와 곧장 파내려 갔다. 의심을 하면서도 혹시나 흰 새끼 토끼가 나타나지 않을까 하고 내심 바랐다. 그러나 끝까지 파보았지만 한 무더기의 썩은 풀이 토끼 털과 뒤범벅이 되어 있는 것만 보일 뿐이었다. 지난번에 새끼를 낳을 때 해둔 것 같았다. 그 밖에는 썰렁하니 백설같이 흰 새끼 토끼의 모습은 그림자조차도 보이지 않았고 머리를 밖으로 내밀고 두리번거리던 동생 녀석마저도 보이지 않았다.

　그녀는 분하고 낙심한데다 서글픈 느낌마저 들었다. 담 모서리에 나 있는 새 동굴마저 파보아야겠다고 생각했다. 그녀가 파자마자 커다란 토끼 한 쌍이 쏜살같이 동굴 밖으로 뛰쳐나왔다. 그들이 이사를 한 걸 알고 그녀는 매우 기뻐했다. 그녀는 계속 파내려갔다. 바닥까지 이르자 그곳에는 풀과 토끼털이 깔려 있었고 그 위에 일곱 마리의 새끼가 자고 있는 것이 보였다. 온통 붉은 색이었는데 자세히 보니 아직 눈도 뜨지 않았다.

이제 모든 것이 밝혀졌다. 셋째 아줌마의 예측은 과연 틀리지 않았다. 그녀는 위험을 막기 위해 새끼 일곱 마리를 나무 상자에 담아 방 안에 갖다 놓고는 어미까지 집어넣어 젖을 먹이게 했다.

이때부터 셋째 아줌마는 검은 도둑고양이를 죽도록 미워했을 뿐만 아니라 어미 토끼에 대해서도 불만이 많았다. 소문으로는 새끼 두 마리가 잡아먹히기 전에도 이미 죽은 놈이 있었던 게 틀림없다고 했다. 왜냐하면 토끼가 새끼를 두 마리밖에 낳지 않을 리가 없기 때문이었다. 그랬던 것이 골고루 젖을 먹이지 않았기 때문에 제대로 젖을 찾아먹지 못한 놈은 먼저 죽었을 거라고 했다. 아마 그랬을 것이다. 현재 일곱 마리의 새끼 중에도 두 마리는 몹시 허약해 있다. 그래서 셋째 아줌마는 틈만 나면 어미 토끼를 잡아다 새끼들에게 한 마리씩 돌아가면서 젖을 먹이게 한다. 그래서 차별이 없도록 했다.

어머니께서는 이렇게 까다로운 토끼 사육법은 평생토록 한 번도 들어보지 못했다고 하시면서《무쌍보》*에 오를 만하다고 하셨다.

흰 토끼의 가족은 더욱 불어났고 다들 기뻐서 날뛰었다.

그러나 이때부터 나는 서글픈 생각이 들었다. 한밤에 나는 등잔불 머리에서 생각에 잠겼다. 어린 두 생명은 결국 쥐도 새도 모르게, 또 언제였는지도 모르게 일찌감치 목숨을 잃고 말았다. 생물사(生物史) 상에 아무런 흔적도 남기지 않고, 심지어 S조차도 짖지 않았다.

---

* 《무쌍보(無双譜)》는 청나라 때 진꾸량(金古良)의 저서로 한나라 때부터 송나라에 이르기까지 40명의 명인들 화상(畫像)을 모은 것이다. 각기 시 한 수를 덧붙이고 있다. 인물들은 충신과 현인, 간신을 모두 망라하고 있다. 그 뒤 '무쌍보'는 '유일무이(有一無二)'하다는 뜻을 가진 성어(成語)로 바뀌었다.

나는 옛날 일이 생각났다. 옛날 내가 회관(會館)에 살 때였다. 아침 일찍 일어나 보면 커다란 괴(槐)나무 아래에 비둘기 털이 어지럽게 흩어져 있곤 했다. 솔개에게 잡아먹힌 게 틀림없었다. 오전에 장반* 을 서면서 쓸다 보면 아무 흔적도 보이지 않았다. 그러니 한 생명이 여기서 죽었다는 것을 그 누가 알 수 있겠는가! 나는 또한 '시쓰파이 (西四牌)'루(樓)를 지나다가 조그마한 개 한 마리가 마차에 치어 죽어 가는 것을 본 적이 있었다. 돌아올 때 보니 역시 아무 흔적도 보이지 않았다. 아마 누군가 깨끗이 치워버렸겠지. 행인들은 분주히 오고 갔 지만 그 중에 누구 하나 여기에서 한 생명이 죽어갔다는 사실을 알고 있었겠는가? 여름밤 창밖에는 파리의 웅웅거리는 소리가 들려온다. 이놈들은 틀림없이 두꺼비에게 잡아먹힐 것이다. 하지만 나는 여태 껏 한 번도 거기에 관심을 가져본 적이 없었다. 뿐만 아니라 남들이 그렇게 말하는 것도 들어보지 못했다.

만일 조물주를 힐책할 수 있다면 나는 그가 생명을 너무 함부로 창조해냈으며 죽이는 것 역시 너무 함부로 한다고 욕하고 싶다.

"후다닥!" 하는 소리가 들렸다. 또 그놈의 고양이 두 마리가 싸우 고 있었다.

"쉰얼(迅兒)아! 또 고양이를 때리고 있니?"

"아, 아니에요. 저희들끼리 물어뜯고 있는걸요. 놈들이 저에게 맞 을 것 같아요?"

평소 어머니께서는 내가 고양이를 학대한다고 못마땅해하셨다.

---

* 長班, 옛날 베이징에서 각 성 회관에 고용되었던 일종의 잡역직(옮긴이 주)

그래서 지난번 놈들이 토끼 새끼를 잡아먹은 사건 때문에 내가 화가 나서 혹시 놈들에게 못된 짓이나 하지 않을까 의심하여 물으신 것이다. 가족들의 말로는 나는 확실히 고양이의 원수가 되어 있었다. 나는 고양이를 해친 적이 있었고 평소에도 종종 때리곤 했다. 특히 놈들이 교미를 할 때면 더욱더 그랬다. 하지만 내가 그렇게 한 까닭은 놈들이 교미를 하는 데 있었던 것이 결코 아니라 너무 시끄럽게 굴어 통 잠을 잘 수가 없었기 때문이었다. 교미를 그렇게 시끄럽고 야단스럽게 할 필요가 있을까 해서였다.

하물며 놈들이 토끼 새끼까지 잡아먹었으니 이제는 더욱 '명분'이 서게 된 셈이다. 하지만 어머니께서 너무 수선을 떠신다고 여겼기 때문에 나도 모르게 볼멘소리로 그렇지 않다고 대답해버렸다.

조물주는 너무하셨다. 나는 도저히 반항하지 않을 수 없었다. 그것이 도리어 그에게 도움이 될지도 모르겠지만.

그 검은 도둑고양이는 이제 더는 낮은 담장을 활보하지 못하리라. 나는 그렇게 단정하면서 책상 서랍에 몰래 감추어둔 청산가리 한 병을 쳐다보았다.

1922년 10월

226

작품 해설

    루쉰(魯迅)은 1881년 9월 25일, 저장성 사오싱부에서 부친 쪼우봉이(周鳳儀)와 모친 루(魯) 씨 사이에 장남으로 출생했다. 본명은 쪼우수런*이다. 그가 다섯 살 되던 해 동생 쪼우쭈오런(周作人)이 태어났고 일곱 살 때부터 가숙(家塾)과 서옥(書屋)을 다니면서 구학문을 익혔다. 그의 집안은 논 만여 평을 소유할 만큼 넉넉한 편이었으나 그가 열다섯 살 때(1896년) 부친이 타계하자 가세가 기울었다.

    1898년 5월, 구학문을 버리고 난징으로 가 강남수사학당(江南水師學堂)에 입학했다가 이듬해 부설학교인 광무철로학당(礦務鐵路學堂)으로 전학했다. 1902년 1월에 광무철로학당을 졸업한 그는 국비 유학생으로 일본에 가게 된다. 일본의 명치유신(明治維新)의 원동력이

---

*   周樹人, 자는 豫方

의학에 있었다는 것을 알고 의학 공부를 결심, 1904년 4월에 홍문학원을 졸업하고 그해 9월, 도쿄를 떠나 센다이 의학전문학교에 입학했다. 이 무렵부터 사상적으로는 혁명파에 속하여 반청(反淸) 혁명단체인 광복회(光復會)에도 소속되었다.

1906년 강의 시간에 중국 동포가 처형되는 장면을 담은 시사 영화를 보고 충격을 받은 그는 질병을 치유하는 것보다 국민의 정신을 개혁하는 것이 급선무라고 여기고 센다이 의학전문학교를 중퇴한 후 문예 활동에 종사하기로 마음먹는다. 그해 7월 일시 귀국하여 쮜(朱) 씨와 결혼한 후 아우 쮜오런과 함께 다시 일본으로 건너가서 문예 활동을 시작했다.

1909년 아우와 함께 동부 여러 나라의 단편을 번역한 《역외소설집(域外小說集)》을 공역으로 출판하고 8월에 귀국했다. 저장성의 양급사범학당(兩級師範學堂)에서 생리학과 화학을 가르치다 사임한 뒤, 1911년 11월에 사오싱 사범학교 교장에 취임, 12월에는 습작 소설 〈회구(懷舊)〉를 발표했다. 1912년 1월, 혁명정부가 난징에 수립되자 당시 교육부장(교육부장관) 차이위엔페이(蔡元培)의 요청에 따라 교육부 관리가 되어 베이징에서 근무했으며 후에 첨사(僉事)를 지냈다.

1918년 38세 되던 해 첫 소설 〈광인일기(狂人日記)〉를 《신청년(新靑年)》에 발표하며 본격적인 창작 활동을 시작했고 이듬해에는 〈콩이지(孔乙己)〉와 〈약(藥)〉을, 1921년에는 〈고향(故鄕)〉과 〈아Q정전(阿Q正傳)〉등을 발표했다. 〈광인일기〉와 〈아Q정전〉은 중국 사회와 민중의 현실을 그린 소설로, 중국 근대 문학의 출발점을 마련한 뜻깊은 소설이었다.

또한 이 무렵 베이징대학교에서 실시한 강의〈중국소설사략(中國小說史略)〉은 소설사 연구 분야를 개척한 것으로 오늘날까지 고전적 가치를 지닌다. 또한 그는〈미명사(未名社)〉,〈어사사(語絲社)〉 등의 문학 단체를 통해 문학운동을 일으키고, 동시에 청년 문학자를 지도하는 데도 힘썼다.

1923년 첫 소설집《눌함(吶喊)》을 출판했고, 2년 뒤 재직하던 베이징 여자사범대학교가 강제 해산되자 반외운동에 참가했다는 이유로 교육부의 첨사직에서 파면당했다. 같은 해에 소설집〈고독자(孤獨者)》,《상서(傷逝)》, 평론집《열풍(熱風)》을 출판했다.

1926년 군벌정부가 저지른 학생 시민 데모 사살 사건을 계기로 그는 샤먼을 거쳐 광둥으로 옮겼다. 1927년 광둥 중산대학교에서 교편을 잡으면서 평론집《분(墳)》 등을 계속 발표했고 후에 반정부 학생 체포에 항의, 중산대학교를 그만두고 상하이로 옮겨와 쉬광핑(許廣平)과 재혼한 뒤 줄곧 문필 생활에만 몰두했다. 상하이에서는 혁명문학파에게 소부르주아 문학자라고 공격을 받았는데 그는 그들의 관념성을 예리하게 비판했다. 그의 사상과 문학은 현실에 대한 투철한 인식과 민중에 대한 절실한 관심에 차 있었다. 그는 반(半)봉건, 반식민지적 현실에서 눈을 돌리고, 구미를 좇는 근대주의와는 대치되는 자리에 섰다. 동시에 그는 외국의 사상과 문화를 치밀하고 확실하게 번역하고 소개하는 것을 중시했다.

1929년 49세 때 목각(木刻) 등 근대 회화를 소개하기 위해 조화사(朝花社)를 설립했으며, 창작과 동시에 해외 문학의 번역에도 힘써 플레하노프, 체호프, 고골리 등의 작품을 소개했다.

1936년 역사소설집인 《고사신편(故事新編)》을 출판했으나 그해 3월부터 지병인 결핵으로 고생하던 중 병세가 악화해 10월 19일에 향년 56세로 타계했다. 그의 유해는 상하이의 만국공원에 묻혔다.

그는 일생 동안 끊임없는 집필 활동을 통해 실로 방대한 저술과 번역서를 생산해냈다. 이러한 양적이고 질적인 커다란 문학적 성취로 그에게는 중국 현대문학의 창시자라는 영광스러운 칭호를 받았지만 무엇보다도 그를 돋보이게 하는 것은 그의 깊은 사상과 열렬한 혁명 정신이다. 그는 숨기고 싶었을지도 모르는 중국의 피의 역사와 중국인의 추잡함, 격변과 소용돌이에 휩싸인 근대 이후 중국 사회의 모습을 거리낌 없이 있는 그대로 그려내고 중국인의 정신세계를 가식이나 에누리 없이 투명하게 펼쳐 보인다. 그는 자신의 작품을 통해 중국인의 반봉건적인 사상을 계도(啓導)하고 중국 인민의 투쟁을 반영해 보여주었으며, 앞으로 중국이 나아가야 할 길, 중국 근대화의 길을 선구적으로 제시한 용감하고 개혁적인 인물이었다. 그렇기 때문에 그의 작품은 중국뿐만 아니라 세계적으로 인정을 받았으며 지금까지도 많은 청년들의 가슴에 뜨거운 불을 지핀다.

이처럼 모든 허위를 거부하며, 정신과 언어의 공전(空轉)이 없는 어디까지나 현실에 뿌리를 박은 강인한 사고가 뚜렷이 부각되어 있는 그의 문학과 사상은 《루쉰 전집》(1938)과 《루쉰 30년집》에서 총망라되었다.

그중에서도 루쉰의 대표적 중편소설인 〈아Q정전〉은 최하층의 한 날품팔이인 아Q를 주인공으로 중국 구사회와 민중이 지닌 문제를 유머러스하게 파헤친다.

그는 이 작품 전반에서 민중 속의 노예근성을 다루며, 그의 붓은 아Q를 그 집중적 존재로서 그린다. 따라서 아Q라는 이름은 그와 같은 성격을 가진 사람을 가진 사람의 대명사로 널리 사용되기에 이른다. 그러나 작품전개에 따라서 아Q는 차츰 피압박자로서 양상을 깊이하고 작가는 아Q의 운명에 대한 동정과 접근을 더해간다.

결국 아Q는 신해혁명 이후 지방정부에 의해 총살당한다. 이는 구사회에서 가장 학대받던 존재인 아Q의 처지가 어떤 형태로든 근본적으로 변하지 않는 한 어떠한 혁명도 무력하며, 오히려 민중은 그 피해자가 되어버린다는 사실을 폭로한다.

프랑스의 소설가이자 사상가로 노벨문학상을 받은 로맹 롤랑도 읽고 깊은 감명을 받았다고 평한 이 작품은 세계 각국어로 번역되어 여전히 많은 독자의 사랑을 받고 있다.

옮긴이의 말

　여기에 수록된 작품은 1956년 7월 베이징 인민문학출판사가 펴낸《루쉰전집》을 저본으로 하여 번역했다. 전집은 총 열 권의 방대한 분량인데, 그 중에서 루쉰의 문학을 대표할 수 있는 작품집은《눌함》과《방황(彷徨)》을 꼽을 수 있겠다.

　여기 수록된 작품들은 전집 제1권《눌함》에 수록되어 있는 것들로 〈단오절〉, 〈오리의 희극〉, 〈사희(社戱)〉 열한 편을 제외한 나머지 열한 편의 작품을 번역했다.

　본문에 나오는 주석은 인민문학출판사가 그의 전집을 출판하면서 첨부한 것으로 내용 파악에 큰 도움을 주기 때문에 가능하면 최대한 함께 번역하려고 노력했으며 그다지 중요하지 않은 주는 생략했다. 그리고 독자들의 이해를 돕기 위해 필요하다고 생각되는 부분에 대해서는 옮긴이 주를 달았다.

인명이나 지명 등 고유명사는 최대한 원음대로 표기했다. 원음 그대로 옮겨서 작품의 분위기를 좀더 가까이 느낄 수 있을 것이다. 평소 귀가 따갑도록 들어온 '공자(孔子)'가 알고보니 '콩쯔'였고 '노신'도 얼토당토않은(?) '루쉰'이라는 사실을 어느 정도는 알고 중국 문학을 이해해야 한다.

비평이란 늘 양면성을 지니는 법이다. 특히 그 작품이 저자의 사상을 표출한 문학 작품인 경우는 더욱 그렇다. 우리는 그를 둘러싸고 많은 의론이 있었다는 것을 안다. 지금도 후인의 필설(筆舌)은 계속 그를 저울질하고 있다. 그만큼 그는 굵은 자취를 남기고 간 사람이다.

루쉰, 그는 한 시대를 풍미했던 거대한 작가였다. 중국이 몰락의 나락에서 허둥대던 때에 태어나 신해혁명이라는 격동기를 겪으면서 병들어 있던 당시의 사회를 유감없이 질타했다. 봉건 사회의 병폐를 뿌리뽑고 고통에 신음하는 사람들을 구하기 위해서 그는 의학 대신 문학을 선택했다. 썩어버린 정신을 도려내기 위해 주저하지 않고 필설을 휘둘렀다. 그의 글은 점차 사그라져가는 중국을 회생시키기 위한 '외침'이었다.

옮긴이

루쉰 연보

1881년   9월 25일 중국 저장성 사오싱부에서 아버지 쪼우봉이와 어머니 루 씨 사이에 장남으로 태어났다. 본명은 쪼우수런이다. 다섯 살 때 동생 쪼우쭈오런이 태어났고 일곱 살 때부터 구학문을 익혔다.

1896년   부친이 타계하면서 넉넉하던 가세가 기울기 시작했다.

1898년   5월 구학문을 버리고 난징으로 가 강남수사학당에 입학했다가 이듬해 부설학교인 광무철로학당으로 전학했다.

1902년   1월에 광무철로학당을 졸업하고 국비 유학생으로 일본 도쿄로 건너가 홍문학원에 입학했다.

1904년   4월 홍문학원을 졸업하고 9월에 도쿄를 떠나 센다이 의학전문학교에 입학해 의학을 공부했다. 이 무렵부터 사상적으로는 혁명파에 속해 반청 혁명단체인 광복회에 소속되었다.

1906년 강의 시간에 중국 동포 처형 장면이 담긴 시사 영화를 보고 받은 충격으로 센다이 의학전문학교를 중퇴하고 국민의 정신 개혁을 위한 문예 활동에 뜻을 두게 되었다. 7월에 중국으로 귀국해 결혼 후 동생 쪼우쭈오런과 함께 다시 일본으로 건너가 문예 활동을 시작했다.

1909년 동생과 함께 여러 나라의 단편을 번역한《역외소설집》을 공역으로 출판하고 8월에 귀국했다. 저장성의 양급 사범학당에서 생리학과 화학을 가르쳤다.

1911년 11월에 사오싱 사범학교 교장으로 취임하고, 12월에 습작소설《회구》를 발표했다.

1912년 1월 난징에 혁명정부가 수립되자 당시 교육부장(지금의 교육부장관) 차이위엔페이의 요청으로 교육부 관리가 되어 베이징에서 근무했고 후에 첨사를 지냈다.

1918년 첫 소설 〈광인일기〉를《신청년》에 발표하면서 본격적인 창작 활동을 시작했고 이듬해에는 단편 〈콩이지〉와 〈약〉을 발표했다.

1921년 당대 중국 사회와 민중의 현실을 그린 소설 〈고향〉과 〈아Q정전〉을 발표했다.

1923년 첫 소설집《눌함》을 출판했다. 이 시기에 베이징 여자 사범대학교에서 소설사를 강의하며 문학 단체에 소속되어 문학운동을 일으키고 청년 문학자를 지도하기도 했다.

1925년   베이징 여자사범대학교가 강제 해산되면서 반외운동에 참가했다는 이유로 교육부의 첨사직에서 파면당했다. 같은 해에 소설집《고독자》,《상서》, 평론집《열풍》을 출판했다.

1926년   군벌정부가 저지른 학생 시민 데모 사살 사건을 계기로 샤먼을 거쳐 광둥으로 거처를 옮겼다.

1927년   광둥 중산대학교에서 교편을 잡았고 평론집《분》등을 계속 발표했다.

1929년   반정부 학생 체포에 항의하다며 중산대학교를 그만두고 상하이로 옮겨와 재혼한 뒤 줄곧 문필 생활에 몰두했다. 목각(木刻) 등 근대 회화를 소개하기 위해 설립했으며 창작과 동시에 해외 문학 번역에도 힘써 플레하노프, 체호프, 고골리 등의 작품을 소개했다.

1936년   역사소설집《고사신편》을 출판했다. 3월부터 지병인 결핵으로 고생하던 중 병세가 악화해 10월 19일, 향년 56세로 타계했다. 유해는 상하이의 만국공원에 묻혔다.

옮긴이 **정석원**

경북 상주에서 태어나 다섯 살 때부터 조부에게서 한학(漢學)을 익혔다. 1978년
연세대학교 중문과를 졸업하고, 국립 대만사범대학교 국문연구소에서 문자학으
로 석사학위(1983)를, 대만 동오대학교 중문연구소에서 한중문화교류로 박사학
위(1991)를 받았다. 현재 한양대학교 중문과 교수로 재직 중이며 중국의 문화와 한
자를 알리는 데 힘쓰고 있다. 지은 책으로 《재미있는 漢字旅行》(1, 2권), 《新千字
文》, 《부수로 통달하는 한자》, 《지혜를 열어주는 故事成語 120》, 《문화가 흐르는
한자》 등이 있고, 옮긴 책으로는 루쉰의 《방황》, 위앤커의 《중국의 고대신화》 등
이 있다.

루쉰 중단편선

아Q정전·광인일기

1판 1쇄 발행 2001년 3월 5일
4판 1쇄 발행 2025년 2월 20일

지은이 루쉰 │ 옮긴이 정석원
펴낸곳 (주)문예출판사 │ 펴낸이 전준배
출판등록 2004. 02. 11. 제 2013-000357호 (1966. 12. 2. 제 1-134호)
주소 04001 서울시 마포구 월드컵북로 21
전화 02-393-5681 │ 팩스 02-393-5685
홈페이지 www.moonye.com │ 블로그 blog.naver.com/imoonye
페이스북 www.facebook.com/moonyepublishing │ 이메일 info@moonye.com

ISBN 978-89-310-2445-6 04800
ISBN 978-89-310-2365-7 (세트)

• 잘못 만든 책은 구입하신 서점에서 바꿔드립니다.

▲문예출판사® 상표등록 제 40-0833187호, 제 41-0200044호

(뒷면 계속)